让我们 中文 一起追寻

〔美〕斯蒂芬·格林布拉特 / 著
唐建清 / 译

Tyrant: Shakespeare on Politics
Copyright©2018 by Stephen Greenblatt
Published in agreement with the author, c/o
Baror International, INC., Armonk, New York, U.S.A through
Chinese Connection Agency, a Division of
the Yao Enterprises,LLC.
Simplified Chinese Translation Copyright © 2021 by
Social Sciences Academic Press
All rights reserved.

Stephen Greenblatt

一千个哈姆雷特 | 格林布拉特作品集

SHAKESPEARE ON POLITICS

TYRANT

暴君

莎士比亚

论

政——治

社会科学文献出版社
SOCIAL SCIENCES ACADEMIC PRESS (CHINA)

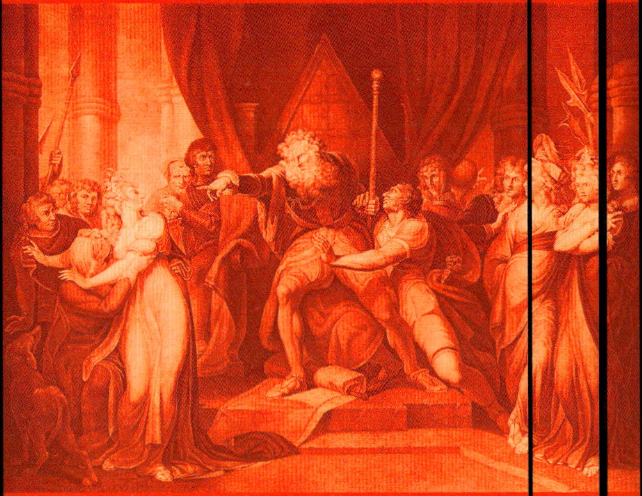

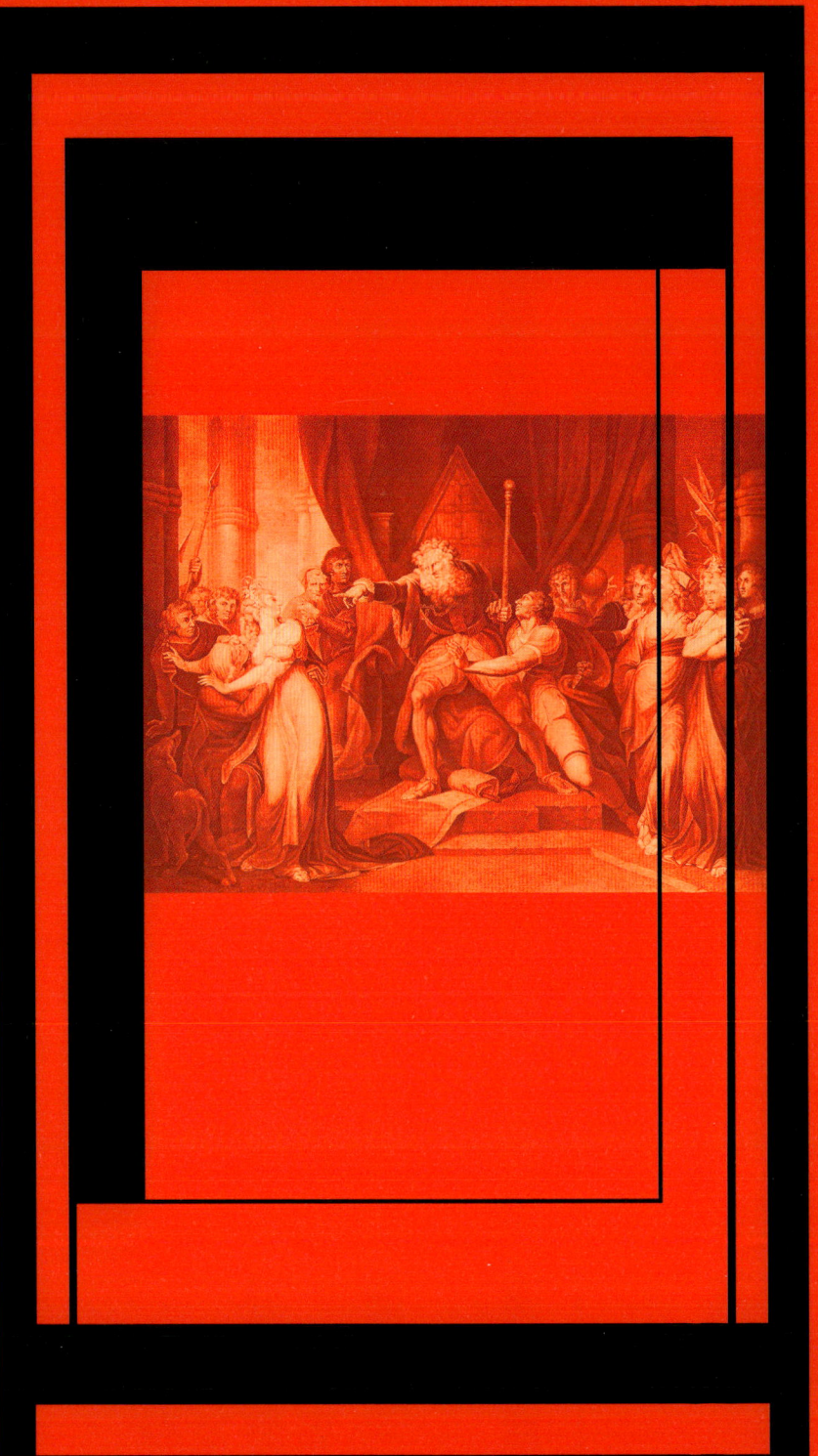

献给约瑟夫·科纳(Joseph Koerner)和卢克·梅纳德(Luke Menand)

目　录

第 1 章　间接的角度 …………………………… 001
第 2 章　党派政治 ……………………………… 022
第 3 章　欺骗性的民粹主义 …………………… 031
第 4 章　性格问题 ……………………………… 046
第 5 章　助力者 ………………………………… 057
第 6 章　暴政的胜利 …………………………… 072
第 7 章　煽动者 ………………………………… 081
第 8 章　大人物的疯狂 ………………………… 096
第 9 章　衰落与复兴 …………………………… 117
第 10 章　可抵抗的崛起 ………………………… 133

尾　声 …………………………………………… 157
致　谢 …………………………………………… 163
索　引 …………………………………………… 167

第1章　间接的角度

从1590年代早期他职业生涯开始直到结束，莎士比亚一再努力试图解决一个令人深感不安的问题：一个国家怎么可能落入暴君之手？

十六世纪颇具影响力的苏格兰学者乔治·布坎南（George Buchanan）写道："国王统治心甘情愿的臣民，而暴君统治不情不愿的臣民。"如他指出的，自由社会的制度旨在防范那些"不是为国家而是为自己执掌权力的人，他们不考虑公众利益，而只考虑自己的得失"。① 莎士比亚问自己，在什么情况下，这些看似坚固、牢不可破的宝贵制度，会突然变得脆弱起来？为什么很多人会轻易受骗？像理查三世或麦克白这样的人是如何登上王位的？

莎士比亚认为，如果没有广泛的同谋，这样的灾难是不可能发生的。他的剧作探讨了导致一个国家放弃其理想甚至自身利益的心理机制。他思考，为什么人们会被一个明显不适合执政的领导人，被一个莽撞冲动、居心叵测或对真相漠不关心的家伙吸引？为什么在某些情况下，谎言、粗野或残忍的事例不是致命的缺陷，而是一种吸引狂热追随者的魅力？为什么平时

---

① 布坎南的引文见 George Buchanan, *A Dialogue on the Law of Kingship Among the Scots: A Critical Edition and Translation of George Buchanan's "De Iure Regni apud Scotos Dialogus,"* trans. Roger A. Mason and Martin S. Smith (Aldershot, U. K.: Ashgate, 2004)。

骄傲和有自尊的人会屈服于暴君的厚颜无耻,屈服于暴君认为自己可以为所欲为的良好感觉和他无耻的下流行为?

莎士比亚反复描写这种屈服的悲惨代价——道德败坏、大量的财富耗费及生命的丧失——以及为使饱受摧残的国家稍稍恢复元气所必须采取的因绝望而不惜冒险的、痛苦和勇敢的措施。这些剧作问道,有没有办法可以及时阻止国家滑向无法无天和专制统治的趋势?有没有任何有效的方法可以防止暴政必然会引发的社会灾难?

这位剧作家并非指控英国当时的统治者伊丽莎白一世是个暴君。撇开莎士比亚私下的想法不谈,在舞台上表露这样的想法无异于自杀。追溯到1534年,在女王的父亲亨利八世统治时期,法律规定将统治者称为暴君是叛国行为。[①] 对这种罪行的惩罚是死刑。

在莎士比亚所处的英国,无论在舞台上还是在别的任何地方,都没有言论自由。1597年,一部据说有煽动性的名为《狗岛》(*The Isle of Dogs*)的戏剧上演,导致剧作家本·琼森(Ben Jonson)被捕入狱,政府甚至下令拆除伦敦所有剧场,所幸命令未能执行。[②] 告密者来到剧场,急切地想要获得奖

---

① 根据当时的法律(Treason Act, 26 Henry Ⅷ, c.13, *Statutes of the Realm* 3.508),"以富有表现力的文字发表造谣和恶意的言论,宣称国王"是教会分裂者、暴君、异教徒或篡夺王位者,都是叛国行为。

② Misha Teramura, "Richard Topcliffe's Informant: New Light on The Isle of Dogs," in *Review of English Studies*, new series, 68 (2016), pp. 43–59. 令人讨厌的托普克利夫(Topcliffe)是政府最臭名昭著的审讯者,因犯人对他的虐待行为既怕又恨。曾被他折磨的天主教徒约翰·杰勒德(John Gerard)形容他是"英国最残忍的暴君"(p.46)。在一篇精彩的探源性研究作品中,寺村(Teramura)将揭发了《狗岛》的主要告密者认定为恶棍威廉·尤德尔(William Udall)。

励，为此他们会向当局告发任何可能被视为颠覆国家的行为。试图批判时事或当时的重要人物尤其危险。

与面对现代极权主义政权一样，当时的人们发展出用代码说话的技术，旁敲侧击地谈论对他们来说最重要的问题。但导致莎士比亚偏爱移花接木的不仅仅是谨慎。他似乎已经明白，当他不是直接而是从一个间接的角度来面对困扰他的世界时，他可以更清楚地思考。他的戏剧表明，他能通过虚构的手法或借古喻今，来最大限度的充分表达真相，而且不因此丧命。因此，他在传奇性的罗马将领卡厄斯·马歇斯·科利奥兰纳斯（Caius Martius Coriolanus）或历史中的裘力斯·凯撒（Julius Caesar）① 身上发现了魅力；这也是像约克、杰克·凯德、李尔王，尤其典型的是暴君理查三世和麦克白等英国和苏格兰编年史上的这类人物颇具吸引力的地方。完全虚构性人物也因此充满魅力：《泰特斯·安德洛尼克斯》（Titus Andronicas）中的施虐狂皇帝萨特尼纳斯（Saturainus），《一报还一报》（Measure for Measure）中腐败的代理执政安杰洛，《冬天的故事》（The Winter's Tale）中偏执的国王里昂提斯（Leontes）。

莎士比亚广受欢迎这一点表明，他同时代的许多人也有同样的感觉。他的作品从周围的环境中解放出来，也从无休止的爱国主义和服从权威的陈词滥调中解放出来，极为诚实。这位剧作家很大程度上仍然属于他的阶层和时代，但他不仅仅是社会和时代的产物。那些非常模糊不清的东西引起了人们的关注，他无须对他感知到的事物保持沉默。

---

① 本书涉及莎士比亚戏剧中的译文及人物译名，参考的是朱生豪先生的译本，见《莎士比亚全集》，人民文学出版社，1978年版。——译者注

莎士比亚也明白，在我们这个时代，当一个重大事件——苏联的解体、房地产市场的崩溃、令人震惊的选举结果——发生时，一个可怕的事实便被暴露于强光之下了：即便是那些处于权力中心的人也常常不知道将要发生什么。尽管他们的办公桌上堆满了计算和评估的材料，尽管他们有昂贵的间谍网络和高薪聘请的大批专家，但他们几乎完全被蒙在鼓里。如果你是个旁观者，你可能会想，如果你能足够接近这个或那个关键人物，你就能了解实际情况，并知道需要采取什么步骤来保护自己或你的国家。但这只是个幻觉。

莎士比亚在一部历史剧的开头引入了"谣言"（Rumor）这个角色，他穿着一套"画满了舌头"的戏服，任务是不断散布那些"凭着推测、猜疑和臆度"而流传的故事（《亨利四世》下篇"楔子"16行）。① 其影响在灾难性的误解、欺诈性的安慰、虚假的警告、从疯狂的希望突然坠入自杀式的绝望中表现得极为明显。受骗最深的不是普通大众，而是享有特权和权力的人。

因此，对莎士比亚来说，当那些胡言乱语的声音被压制时，人们更容易清晰地思考问题，在与当下保持适当距离时更容易说出真相。间接的角度使他能够抛开那些错误的假设、那些由来已久的信仰、那些被误导的虔诚的梦想，并且毫不动摇地去看清它们下面隐藏的东西。因此，他对古代世界非常感兴趣，在那里，基督教的信仰和君主制的辞藻并不适用。他对《李尔王》（King Lear）或《辛白林》（Cymbeline）中基督教

---

① 所有莎士比亚作品均引自 The Norton Shakespeare, 3rd ed., ed. Stephen Greenblatt et al. (New York: W. W. Norton, 2016)。大约一半的莎士比亚戏剧有两个权威版本，一是四开本，一是对开本。除注明外，笔者均引自第一对开本。所有版本都可以在数字网站 The Norton Shakespeare 上找到。

之前的英国十分迷恋，并关注了《麦克白》（*Macbeth*）中十一世纪暴力盛行的苏格兰。甚至当他走近自己的时代时，从十四世纪理查二世统治时期到理查三世的垮台，莎士比亚在一系列不同寻常的历史剧中，小心翼翼地将自己与他所描述的事件保持了至少整整一个世纪的距离。

莎士比亚开始写作的时候，伊丽莎白一世已经当了三十多年女王。尽管她有时易怒、难以相处、专横跋扈，但她对英国政治制度的崇高性持有基本尊重，这一点在人们看来毫无疑问。即使那些人主张更激进的外交政策，或呼吁对国内颠覆活动进行比她愿意批准的更严厉的镇压，通常也承认她审慎地意识到自己权力的边界。即使在莎士比亚最隐秘的思想里，她也不大可能被看作一个暴君。但是，就像他的国内同胞一样，他完全有理由担心即将发生的事情。1593 年，女王庆祝了她的六十大寿。她虽然未婚且无子女，但她固执地拒绝指定继承人。难道她以为自己会长生不老吗？

对于但凡有些想象力的人来说，他们要担心的不仅是时间的侵袭。人们普遍担心，王国正面对着一个无情的敌人，一个残酷的国际阴谋组织，其首领训练了一心想发动恐怖袭击的狂热的特工，然后将这些人派往国外。这些特工相信杀害被贴上"信仰错误者"标签的人并不是犯罪；相反，他们在为上帝效劳。在法国、荷兰和其他地方，他们制造了暗杀、民众暴力和大规模屠杀。他们在英国的目标是直接杀死女王，让他们的同情者取代她的位置，并让这个国家屈从于他们扭曲的虔诚观。他们的最终目标是统治世界。

这些恐怖分子不易辨认，因为他们大多数是土生土长的英国人。他们要么已激进化，要么被引诱到国外的训练营，然后潜回英国，他们很容易混入普通而忠诚的臣民之中。可以理解的是，臣民们不愿交出他们自己的亲属，即便是那些被怀疑持有危险观点的人。极端分子组成小组，一起秘密祈祷，交换用密码书写的情报，物色其他可能愿意加入他们的新人，这些新人主要是心怀不满、情绪不稳的年轻人，他们渴望暴力和殉难。其中一些人与外国政府的代理人秘密接触，暗中配合入侵舰队，支持武装叛乱。

英国谍报机构对这种危险高度警惕：他们在训练营安插线人，系统地检查信件，对酒馆和客栈进行窃听，并严密监视港口和边境口岸。但这种危险很难根除，即使当局设法抓住一个或多个恐怖主义嫌疑人，并对他们进行审问。毕竟，这些人都是狂热分子，他们的宗教领袖对他们进行洗脑，并指示他们用"含糊其辞"的方法蒙混过关。

即使像往常一样用酷刑审问嫌疑人，也往往难以达到破案的目的。根据间谍头子递交给女王的一份报告，1584年暗杀荷兰奥兰治亲王（Prince of Orange）的极端分子——历史上第一个用手枪杀死一位国家元首的人——顽固得不可思议。

> 当天晚上，他被鞭子抽打，身上的肉被刺破，之后被放进盛满盐水的桶里，他的喉咙被灌进醋和白兰地。虽然受到了这些折磨，他却没有任何痛苦或悔改的迹象，相反，他说他做了一件上帝认可的事。①

"一件上帝认可的事"：这就是被洗脑的人的信念，他们相信

---

① Derek Wilson, *Sir Francis Walsingham: A Courtier in an Age of Terror* (New York: Carroll and Graf, 2007), pp. 179–180.

自己的背叛和暴力行为会在天堂得到回报。

根据十六世纪晚期英国狂热的新教徒的说法，这种威胁来自罗马天主教。令女王的枢密大臣相当烦恼的是，伊丽莎白本人不愿直接面对这一威胁，也不愿采取他们认为必要的措施。她不希望挑起一场与强大的天主教国家之间代价昂贵且血腥的战争，也不希望因少数狂热分子的罪行而污辱整个宗教。用她的间谍头子弗兰西斯·沃尔辛厄姆（Francis Walsingham）的话来说，她不愿意"窥探人们的内心和隐秘的想法"[①]，因此多年来，她任凭她的臣民们暗中坚持他们的天主教信仰，只要他们表面上遵守官方的国教。尽管受到强烈要求，她还是一再拒绝批准处决她的天主教表侄女——苏格兰女王玛丽（Mary, Queen of Scots）。

玛丽被逐出苏格兰后，未经指控或审判就被关押在英格兰北部的具有保护性性质的拘留所里。由于对英国王位拥有很强的继承权——有人认为她比伊丽莎白本人更有继承权——她显然成了欧洲天主教势力的阴谋诡计、国内天主教极端分子的狂热白日梦和危险举动的焦点。玛丽自己也很莽撞，同意以她的名义实施阴险的计谋。

[①] 出自"On the Religious Policies of the Queen (Letter to Critoy)"。这封信由沃尔辛厄姆签署，但显然是由弗朗西斯·培根（Francis Bacon）拟定的。这封信出现在后者的作品《关于诽谤的几点意见》（*Notes upon a Libel*）中，这部作品写于1592年，但直到1861年才出版。此信说伊丽莎白一世"不喜欢窥探人们的内心和隐秘的想法，除非这些思想很大程度上已渗透到公开的行动中或被明确表示出来，并干扰了法律，这导致女王陛下仅仅遏制了明显的不服从行为，比如责难和质疑女王陛下的最高权力、主张和推崇外国的管辖权"。See Francis Bacon, *Early Writings*: *1584 - 1596*, in *The Oxford Francis Bacon*, ed. Alan Stewart with Harriet Knight (Oxford: Clarendon, 2012) 1: 35 - 36.

人们普遍认为,这些诡计背后的主谋不是别人,正是罗马教皇。他的特殊力量是耶稣会士,这些人发誓在任何事情上都服从他;他在英国的秘密军团是成千上万的"教会保皇派",他们虽然恭顺地参加圣公会的礼拜仪式,但内心却忠于天主教。莎士比亚成年后,有关耶稣会士——官方禁止他们入境,否则将处以死刑——及其威胁的谣言广为流传。他们的实际人数可能很少,但引发的恐惧和厌恶(以及一些人的私下赞赏)是相当可观的。

我们无法确定莎士比亚内心深处同情哪一方。但他不可能保持中立或无动于衷。他的父母都出生在一个信仰天主教的世界中,就像他们同时代的大多数人一样,他们与那个世界的联系在宗教改革中被保存下来。人们有充分的理由保持警惕和谨慎,不仅是因为新教当局的严厉惩罚。在英国,激进的天主教所带来的威胁绝不完全是想象出来的。1570年,教皇庇护五世(Pope Pius V)发布诏书绝罚伊丽莎白,称其为异教徒和"罪犯的仆人"。教皇免除了女王的臣民向她宣誓效忠的一切义务,臣民们实际上是被命令违抗女王。十年后,教皇格里高利十三世(Pope Gregory XIII)表示,杀死英国女王不是弥天大罪。相反,正如教皇的国务秘书代表他的主人所宣称的那样,"毫无疑问,无论谁怀着为上帝服务的虔诚心意而送她离开这个世界,他不仅无罪,反而有功"。①

这个声明是在煽动谋杀。尽管大多数英国天主教徒不愿与这种暴力举动有任何瓜葛,但也有少数人认为这是为这个国家

---

① Cardinal of Como, Letter of December 12, 1580, in Alison Plowden, *Danger to Elizabeth: The Catholics Under Elizabeth I* (New York: Stein and Day, 1973). Cf. Wilson, *Walsingham*, p. 105.

除掉异端统治者。1583 年，政府的间谍网发现了一个阴谋，有人与西班牙大使勾结，意图暗杀女王。在随后的数年里，类似的险情屡有发生：信件被截获，武器被清缴，天主教神父被抓捕。得到起疑的邻居的报警后，警察会突袭可疑分子在乡村的藏身处，他们会砸破橱柜，敲打墙壁以倾听种种空洞的声音，并撬开地板，寻找所谓的"神父的秘密藏身处"（priest's hole）。① 但是伊丽莎白仍然没有采取任何措施来消除玛丽所造成的威胁。"愿上帝使女王陛下睁开眼睛看看她的危险"，沃尔辛厄姆祈祷道。

女王的小圈子采取了极不寻常的步骤，起草了一份"联盟契约"（Bond of Association），其签名者承诺，不仅要报复一切企图谋害女王性命的人，而且要报复任何潜在的王位觊觎者——玛丽就是一个目标——无论他们的企图是否成功。1586 年，沃尔辛厄姆的密探又听到了一个阴谋的风声，这次涉及一个名叫安东尼·巴宾顿（Anthony Babington）的富有的二十四岁天主教绅士，他和一群志同道合的朋友坚信杀死"暴君"在道义上是可以被接受的。当局利用双重间谍渗透进该组织并破译了其密码，接着观察并等待阴谋慢慢展开。事实上，当巴宾顿开始临阵退缩时，沃尔辛厄姆的一个密探还怂恿他继续干下去。这一策略为新教强硬派带来了他们最希望看到的结果：这张情报网不仅抓住了十四名同谋者，判处他们犯有叛国罪，将他们绞死并分尸示众，还诱捕了粗心大意、默许谋逆的玛丽。

就像 2011 年乌萨马·本·拉登（Osama bin Laden）被击毙一样，玛丽虽然于 1587 年 2 月 8 日被斩首，但这并没有结

---

① Wilson, *Walsingham*, p. 121.

束英国的恐怖主义威胁，这种威胁也没有随着第二年西班牙无敌舰队被英国海军击败而结束。如果说有什么不同的话，那就是整个国家的氛围变得更黯淡了。又一次外国入侵似乎迫在眉睫。政府的间谍继续他们的工作；天主教神父继续冒险进入英国，为他们日益绝望和陷入困境的教众服务；各种谣言继续流传。1591年，一个打零工的工人被迫戴着颈手枷示众，因为他曾说过，"只要女王活着，我们就不会有好日子过"；另一个人也受到了类似的惩罚，因为他宣称，"现在统治我们的政府不是一个好政府……如果女王死了，情况就会发生变化，所有信奉这种宗教的人都将得到拯救"。① 据报道，当约翰·佩罗爵士（Sir John Perrot）在1592年因叛国罪而受到审判时，他把女王描述成"一个卑鄙、下贱、肮脏的女人"，这是一项严重的指控。在星室法庭②，掌玺大臣抱怨说，伦敦流传着各种"公开的辱骂，以及虚假、说谎和谋逆的诽谤"。③

即使那些近乎叛国的闲言碎语能以某种方式被抛之脑后，王位继承问题仍然令人担忧。女王虽戴着光彩熠熠的红色假发，穿着珠光宝气的华服，但掩盖不了岁月的流逝。她得了关节炎，食欲不振，爬楼时开始用一根拐杖使自己保持平稳。正如她的侍臣沃尔特·雷利爵士（Sir Walter Ralegh）委婉地说的那样，她是"一位和时间不期而遇的女士"。然而，她

---

① F. G. Emmison, *Elizabethan Life*: *Disorder* (Chelmsford, U. K. : Essex County Council, 1970), pp. 57–58.
② 星室法庭（Star Chamber）：十五至十七世纪英国最高司法机构。1487年英王亨利七世创设，因该法庭设立在威斯敏斯特王宫中一个屋顶饰有星形图案的大厅中，故名。——译者注
③ John Guy, *Elizabeth*: *The Forgotten Years* (New York: Viking, 2016), p. 364.

依然没有指定继任者。

在伊丽莎白统治晚期，英国当时的社会秩序是极其脆弱的。这种焦虑绝不局限于一部分渴望保持其统治地位的新教精英。陷入困境的天主教徒多年来一直认为，女王身边都是马基雅维利式的政客，他们每个人都在不断地为自己派系的利益谋划，煽动人们对天主教阴谋的恐惧妄想，同时等待时机以便攫取专制的权力。心怀不满的清教徒也对这类人抱有类似的担忧。任何关心国家的宗教和解、财富分配、外交关系和内战可能性的人（这几乎是1590年代所有人的感觉），一定都在担心女王的健康状况，谈论相互倾轧的宠臣和顾问、西班牙入侵的威胁、耶稣会士的秘密存在、清教徒（当时被称为布朗派）的煽动，以及其他引起恐慌的原因。

可以肯定的是，大多数交谈都是轻声细语，但交谈始终以一种着迷般的、周而复始的、政治讨论的方式进行着。莎士比亚一再描写那些小角色——诸如《理查二世》（Richard II）中的园丁、《理查三世》（Richard III）中无名无姓的伦敦人、《亨利五世》（Henry V）中临战前的士兵、《科利奥兰纳斯》（Coriolanus）中挨饿的平民百姓、《安东尼与克莉奥佩特拉》（Antony and Cleopatra）中愤世嫉俗的下级军官——分享谣言和争论国家大事。下层社会对上流社会的这种议论往往会激怒社会精英："去，滚回家去，你们这些废物！"（《科利奥兰纳斯》第一幕第一场214行）一个贵族对一群抗议者如此咆哮，但这些"废物"无法被压制。

英国的国家安全问题，无论大小，都不能直接在舞台上表现出来。在伦敦蓬勃发展的剧团都在狂热地寻找令人兴奋的故事，他们本想用与电视剧《国土安全》（Homeland）类似的情节来吸引观众。但伊丽莎白时期的戏剧是要经过审查的，尽管有时审查可能会很宽松，但绝不会允许戏剧情节表现对女王政权的威胁，更不用说允许演员当众扮演苏格兰女王玛丽、安东尼·巴宾顿或伊丽莎白本人了。①

审查制度不可避免地促生了规避方法。就像米达斯（Midas）②的妻子一样，人们不由自主地想要谈论最令他们不安的事情，即使只是对着风和芦苇。剧团之间竞争激烈，他们有很强的经济动力来解决这一问题。他们发现，通过把场景转移到遥远的地方或通过描述遥远过去的事件能让他们做到这一点。在极少数情况下，审查员会发现相似之处过于明显，或者要求剧团提供证据以证明历史事件得到了正确的呈现，但在大多数情况下，审查人员会对这种诡计视而不见。也许当局意识到给大众留有某种减压方法是有必要的吧。

莎士比亚是移花接木和迂回战术的顶级大师。他从未写过所谓的"都市喜剧"（city comedy），也从未写过以当代英国为背景的戏剧，除了极少数例外，他一直与时事保持着安全的距离。他被以弗所（Ephesus）、提尔（Tyre）、伊利里亚（Illyria）、西西里（Sicily）、波希米亚（Bohemia）这些地方或遥远海域中一个神秘的无名小岛上展开的情节所吸引。当他处理例如继承危机、腐败的选举、暗杀和暴君的崛

---

① 剧作家可以间接恭维伊丽莎白一世，比如仙王奥伯龙（Oberon）在《仲夏夜之梦》中提到丘比特之箭未射中"童贞的女王"。在托马斯·德克（Thomas Dekker）的戏剧作品《皮鞋匠的假期》（*Shoemakers' Holiday*，1600）中，女王的形象也以配角出现。
② 希腊神话中弗吕吉亚国王，天神狄俄尼索斯赐给他一种力量，能把他碰到的每一样东西都变成金子。——译者注

起这类令人担忧的历史事件时,他将这些事件安排在古希腊和古罗马,或史前的不列颠,或他的祖先的英格兰,甚至更早。他可以自由地修改和重塑从编年史中汲取的素材,以便创作出更引人注目、更有针对性的故事,但他使用的是有据可考的材料,如果当局要求,他可以引用这些材料为自己辩护。他不愿意身陷囹圄,也不愿意被人打破鼻子,这是可以理解的。

莎士比亚一生都采取了这种迂回战术,只有一个值得注意的例外。他在1599年创作的《亨利五世》中描述了近两个世纪前入侵法国的英国军队取得的辉煌的军事胜利。戏剧快结束时,致辞者邀请观众想象获胜的国王回到都城时受到的盛大迎接:"可是看哪/这当儿,在活跃的思想工场中/我们只见伦敦吐出了人山人海的臣民!"(第五幕序曲22~24行)接着,在这幅举国欢庆的画面之后,致辞者又唤起了他希望在不久之后就能看到的一个类似的场景:

> 我们圣明的女王的将军,
> 去把爱尔兰征讨,不费周折
> 就能用剑制服叛乱回到京城;
> 那时将会有多少人
> 离开安宁的城市来欢迎他!(第五幕序曲30~34行)

这位"将军"是女王的宠臣埃塞克斯伯爵(Earl of Essex),他当时领导英国军队对抗由泰隆伯爵休·奥尼尔(Hugh O'Neill, Earl of Tyrone)领导的爱尔兰叛乱分子。

我们不清楚莎士比亚为什么决定直接提及当时的这个事件——而且是只有在"适当的时候"才有望发生的事件。① 也许是他的赞助人、富有的南安普敦伯爵（Earl of Southampton）怂恿他这么做的，莎士比亚的诗歌《维纳斯与阿都尼》（*Venus and Adonis*）和《鲁克丽丝受辱记》（*The Rape of Lucrce*）就是献给他的。作为埃塞克斯伯爵的亲密朋友和政治盟友，南安普敦伯爵知道，他那位虚荣、债台高筑的朋友贪婪地追求大众的赞誉，而剧场正是接近大众的最佳场所。因此，他可能向这位剧作家暗示，饱含爱国主义激情地预告这位将军即将取得胜利将会广受欢迎。对莎士比亚来说，这个要求很难拒绝。

就在《亨利五世》初次演出后不久，刚愎自用的埃塞克斯伯爵确实回到了伦敦，但他的剑上并没有挑着休·奥尼尔的头颅。面对军事行动的惨败，他不顾女王让他原地待命的明确命令，断然离开爱尔兰。他决定回家。

随后发生的一系列事件迅速导致了王国政权核心的危机。埃塞克斯伯爵急匆匆的归国并不受欢迎——满身泥巴的他冲到女王面前，跪倒在她的脚下，对那些嫉恨他的人大吼大叫——这给了他在宫廷里的主要对手，即女王的首席大臣罗伯特·塞西尔（Robert Cecil）和她最欣赏的沃尔特·雷利爵士一个他

---

① 在《莎士比亚如何在舞台上表现政治》（*How Shakespeare Put Politics on the Stage: Power and Succession in the History Plays*, New Haven and London: Yale University Press, 2016）中，历史学家彼得·莱克（Peter Lake）详尽地论述，莎士比亚创作《亨利五世》时参考了"明显的埃塞克斯政治方针，该方针围绕国家统一和恢复君主制的合法性展开，通过对教皇至上主义的（但绝非是天主教的）境外威胁发起猛攻来达到该目的"（p. 584）。这个政治方针最终化为泡影，莎士比亚的判断也因此被证明失误，但莱克总结说，这恰恰表明"要写出具有持久生命力的作品，政治正确，或者说正确的政治判断并非必要"（p. 603）。

们始终在寻找的机会。伯爵的计谋落空了，他的情绪越来越激动，眼看着女王的好感渐渐消失。他一向缺乏自制力，很快就犯了一个致命的错误。他恼羞成怒，说女王"老朽了"，头脑"也像她的身体一样伛偻了"。①

宫廷文化会不可避免地产生激烈的派系斗争，而伊丽莎白多年来一直巧妙地对各方势力进行分化利用。但随着她日渐衰老，往日的仇恨更加尖锐和凶残。当枢密院召集埃塞克斯伯爵参加一个有关国家事务的会议时，他拒绝前往，并宣称自己会被雷利下令暗杀。他的恐惧和厌恶交织在一起，再加上幻想伦敦民众会起来支持他，最终导致他发动了一场反对女王的近臣，甚至还反对女王本人的武装叛乱。叛乱一败涂地。埃塞克斯伯爵和他的主要盟友，包括南安普敦伯爵，都被逮捕。

雷利敦促负责调查此案的塞西尔不要错过这个极好的机会，一定要一劳永逸地摧毁他们痛恨的敌人。他写道："如果你对这个暴君心慈手软，你就会后悔莫及。"②"暴君"在这里不是一种随意的贬称。雷利暗示，如果埃塞克斯伯爵恢复他的显赫地位，鉴于女王年事已高，他将可能统治王国，毫无疑问，他到时候将省去法律上的麻烦。他将会急切地除掉竞争对手——而且不会礼貌地要求他们退出。他会像暴君那样行动。

塞西尔完成调查后，埃塞克斯伯爵和南安普敦伯爵被认定犯有叛国罪，并被判死刑。南安普敦伯爵后来被改判无期徒

---

① 沃尔特·雷利在他死后出版的著作中报道了埃塞克斯的辱骂，见 The Prerogative of Parlaments [sic] in England（London, 1628），p. 43. 在雷利看来，埃塞克斯的过激言辞"让他掉了脑袋，让他丧命的并非他的叛乱，而是他的这番话"。

② Guy, *Elizabeth*, 339.

刑，但对于女王曾经最宠爱的那位伯爵，却没有这样的宽恕。埃塞克斯伯爵于1601年2月25日被处决。在他死后，政府公布了他在断头台上的悲惨自白——他说反叛是他一手策划的，现在他"被公正地从这个国家除去"。

莎士比亚太傻了，竟与这些险恶的争斗产生了瓜葛。《亨利五世》中对"将军"这一角色过于现实的引用似乎并没有引起官方的注意，但它本可轻易导致灾祸。1601年2月7日，星期六下午，也就是政变前一天，埃塞克斯伯爵的一些主要支持者，包括他的管家格里·麦里克爵士（Sir Gelly Meyrick），乘船横渡泰晤士河前往环球剧场。几天前，麦里克的亲密伙伴要求剧场的常驻剧团"宫内大臣剧团"（Lord Chamberlain's Servants）演出莎士比亚早期的一部关于国王理查二世"被废黜和处死"的戏剧。演员拒绝演出，他们的理由是《理查二世》是一部老戏，不太可能吸引观众。但在得到40先令的报酬，再加上要求演出的费用10英镑之后，他们便不再反对了。

但为什么格里·麦里克和其他人如此渴望上演《理查二世》呢？这不是一时的心血来潮。在关键时刻，他们知道这关系到生死存亡，他们需要计划、时间和金钱。他们没有留下筹划的记录，但他们很可能记得莎士比亚的戏剧叙述了一个统治者及其政治密友倒台的故事。"我曾经消耗时间，现在时间却在消耗我"（第五幕第五场49行），在贪婪的随从们（篡位者称他们为"国家蛀虫"）遭遇埃塞克斯伯爵所希望的塞西尔和雷利的命运后，败局已定的国王这样悲叹。

在《理查二世》中，被篡位者杀害的不仅是国王的谋士，还有国王本人。篡位者波林勃洛克（Bolingbroke）从来没有直接宣布他打算推翻在位的君主，更不用说谋杀他了。像埃塞克斯伯爵一样,当他抱怨统治者核心圈子的腐败时,他主要关注的是对他个人的不公。但在策划了理查的退位和监禁,并自行加冕为国王亨利四世后,他狡猾而含糊地——这种模糊性赋予了政客们所谓的"推诿责任"(deniability)——采取了必要的最后一步。莎士比亚的处理恰如其分,他并没有直接表现这一举动。相反,他只是表现了有人在思考这位新国王所说的话:

> 艾克斯顿:你没有注意到王上说些什么话吗?
> "难道我没有朋友替我解除这种活生生的忧虑吗?"
> 他不是这样说吗?
>
> 仆人:他正是这样说的。
>
> 艾克斯顿:他说,"难道我没有朋友吗?"
> 他把这句话接连说了两次,不是吗?
>
> 仆人:正是。
>
> 艾克斯顿:当他说这句话时,他留心瞧着我,仿佛在说,
> "我希望你是愿意为我解除我心头恐怖的人";
> 他当然是指那幽居在邦弗雷特的废王。
> 来,我们去吧;我是王上的朋友,
> 我要替他除去他的敌人。(第五幕第四场1~11行)

这就是整个场景。它在片刻之间就结束了,但它足以让人想起整个权力运作的风气(ethos)。这里没有针对被废黜国王的正

式法律程序。相反，所需要的只是一个意味深长、小心地重复了多次的暗示，辅之以投向那个能够心领神会的人的专注（"留心"）的眼神。

在一个新的政权里，总是有人愿意不择手段地赢得统治者的欢心。莎士比亚笔下的艾克斯顿是个无名小卒，这是我们第一次见到或听说他。他自称"国王的朋友"。他对同伙说，"我们去吧"（第五幕第四场10行），理查王随即就被杀了。不出所料，当艾克斯顿急切地前来领受奖赏时——"伟大的君王，在这一棺之内/我向您呈现您的埋葬了的恐惧"（第五幕第六场30～31行）——统治者拒绝了他："虽然我希望他死，乐意看到他被杀/我却痛恨杀死他的凶手。"（第五幕第六场39～40行）"乐意看到他被杀"：带着这种绝妙而辛辣的反讽，戏结束了。

格里·麦里克爵士和他的同谋者当然不需要把莎士比亚的戏剧当作他们自身行动的蓝图。他们必定明白，剧作家所描绘的环境与他们的处境并不完全一致；在任何情况下，他们都不愿意泄漏自己的底牌。而对现代读者来说，这部探索了一位陨落君主痛苦内心的悲剧，似乎远非一部旨在煽动民众起义的宣传性作品。

然而，关键在于观众。要求演出通常在私人场所举行，面向特定的观众，但"宫内大臣剧团"得到报酬，让《理查二世》起死回生，并在大型户外公共剧场表演，观众大多是花了仅仅一便士的站客。埃塞克斯伯爵一直寻求并指望伦敦民众的支持，莎士比亚引发他的观众去想象他们会如何迫不及待地欢迎从爱尔兰胜利归来的将军，如同欢迎光荣的亨利五世从法国归来。但就《理查二世》而言，阴谋者们一定觉得，向广大民众（或许也包括他们自己）展示一场成功的政变是有好处的。也许他们只是简单地想把他们冀求的东西想象一番。①

根据制定时间可回溯至 1352 年的法律，"谋划或想象"国王、王后或主要公职人员的死亡是叛国行为。② 使用"想象"这个模棱两可的词让政府有很大的自由来决定起诉谁，《理查二世》在环球剧场的演出显然踏入了危险的境地。毕竟，莎士比亚的戏剧为广大观众上演了推翻和杀害加冕国王的场面，以及国王亲信被处决的情景。然而，剧情发生在过去的英格兰，而根据大家默认的约定，这种时间距离提供了一定的豁免权，这种会立即引起审查员的愤怒，并可能导致刑事起诉的剧情，不至于会给剧作家和他的剧团带来巨大风险。

尽管如此，麦里克爵士安排的演出让人们对这种默契——如果舞台上的表演与时事保持距离，那么它只是一场戏，因此无关紧要——产生了质疑。事实恰恰相反：埃塞克斯一案的阴谋家们显然认为，把莎士比亚关于英国中世纪历史的悲剧重述一遍，并在环球剧场演出，具有战略意义。

我们不可能知道那天下午麦里克观看《理查二世》时脑

---

① 在政府批准的《关于已故埃塞克斯伯爵罗伯特的叛国行为的告示》中，培根指出，麦里克希望埃塞克斯在现实中也能做到他在剧中看到的情景："他真想亲眼看看那出悲剧，他期望他的主公不久就会把这出悲剧从舞台搬到现实中。" E. K. Chambers, *William Shakespeare: A Study of Facts and Problems*, 2 vols. [Oxford: Clarendon, 1930], 2: 326.

② 根据爱德华三世颁布的法令 (Statue of 25 Edward III, c. 2)，以下为叛国行为：谋划或想象我们的国王陛下、王后，或他们的长子和继承人的死亡；侵犯国王的（伴侣），或国王的未婚长女，或国王的长子和继承人的妻子；在国内向国王陛下发动战争，或在国内与国王的仇敌结交，在国中或其他地方协助他们 (*Statutes of the Realm*, 1. 319 – 320)。本注释受益于 Nicholas Utzig 正在进行的相关研究。

子里想什么，但我们至少知道当时的某一个人是如何理解它的含义的。埃塞克斯伯爵被处决六个月后，伊丽莎白女王亲切接见了威廉·兰巴德（William Lambarde），她之前刚刚任命他为伦敦塔的档案保管人。这位博学的档案保管人开始尽职尽责地逐一介绍他为女王准备的历代君王档案。当他介绍到理查二世的档案时，伊丽莎白突然发问："我是理查二世，你不知道吗？"① 如果说她的语气透露出一丝恼怒，那可能是因为兰巴德这位古文物研究者似乎只对过去感兴趣，而她和其他人一样，正在反思十四世纪发生的事件与埃塞克斯伯爵未遂政变之间不祥的相似之处。兰巴德立马警觉起来，很快就明白了问题的关键在于"想象"统治者的死亡。他对女王说："这么恶毒的想象，是一位最无情的绅士、陛下曾经最垂青的那个人策划和促成的。"伊丽莎白夸张地说："这出悲剧在大街上和剧场里演了四十遍。"正是戏剧——莎士比亚的戏剧——提供了理解当前危机的关键。

莎士比亚在《亨利五世》中直接提到埃塞克斯伯爵，这引起了人们的注意，人们开始在他的戏剧中寻找他对政治问题的思考，而为了安全起见，这些思考往往被藏在暗处。经常钦点宫廷演出的女王决定不惩罚演员（这对她来说并非难事），莎士比亚和他的整个剧团因此侥幸躲过一劫。这位剧作家从此再也不敢冒险接近当时的政治了。

政变发生后，《理查二世》的特殊演出成为官方调查的焦

---

① See Jason Scott-Warren, "Was Elizabeth I Richard II? The Authenticity of Lambarde's 'Conversation,'" *Review of English Studies* 64 (2012), pp. 208-230.

点。莎士比亚的一个合伙人被迫在枢密院作证,解释"宫内大臣剧团"的所作所为用意何在。他的回答——只为赚一点儿外快——被接受了。可格里·麦里克爵士就没那么幸运了。由于被控策划特别演出以及其他支持叛乱的行动,他被处以绞刑并分尸示众。

第 2 章　党派政治

在可能是与其他剧作家合作创作的一部早期历史剧三部曲中，莎士比亚勾勒了从常态政治到暴政的曲折发展过程。《亨利六世》(Henry VI) 三部曲现在是他最不为人知的剧作之一，但正是这些剧作让他第一次出名，而且它们至今仍然是对一个社会如何成为暴君统治的肥沃土壤的敏锐洞察。

故事开始于中央王权的衰落。国王亨利六世是一个没有受过考验的年轻人，在他父亲英年早逝后继承王位，王国由他的叔父，即护国公亨弗雷公爵（Duke Humphrey）管理。虽然这位护国公无私地致力于公共事务，但他的权力受到严重制约，更被一群凶残、自私的贵族包围。当贵族们抱怨他们的国王只是个孩子时，护国公戳穿了这种虚假的怀旧情绪。他指出，他们实际上更喜欢一个软弱的统治者，"像小学生一样，能受你们的摆布"（《亨利六世》上篇第一幕第一场 36 行）。王国的权力真空给了政治对手回旋和密谋的空间。但这种党派争斗也有其后果：没有任何事情是为了共同利益而做的，而且正如我们很快看到的那样，这些派系正在变成死敌。

在毗邻伦敦法学院大楼的一个花园里，约克公爵（Duke of York）和萨默塞特公爵（Duke of Somerset）这两位位高权重的贵族正在就一个法律问题的解释争论不休。他们呼吁旁观者为他们做出裁决，但这些人谨慎地拒绝介入。这出戏没有提供他们争吵的那个法律问题的细节,也许莎士比亚认为这并不是很重要。问题是他们不愿妥协,两个人都自以为是、咄咄逼人,坚信自己的立场,且只有自己的立场是正确的。约克宣称:"真理明明是属于我这方面,瞎子也能看得出的。"萨默塞特回应说:"在我这方面,真理是如此鲜明,如此明亮,如此明显,即使映到盲人的眼里,也会发光。"(第二幕第四场20~24行)这里没有人承认灰色地带的存在,也没有认识到有头脑的人可能不认同自己。他们两个人都认为,不承认如此"明显"的事实的,一定是颠倒是非的人。

  双方僵持不下,丝毫没有和解的意愿。相反,如莎士比亚所描述的,他们的冲突逐渐超越了他们个人和他们的仆从,扩展到了一个更大的范围。约克宣称:"谁要是一个出身高贵的上等人,就请他从这花丛里替我摘下一朵白色的玫瑰花。"萨默塞特则说:"谁要不是一个懦夫,不是一个阿谀奉承的人,而是最敢于坚持真理的,就请他替我摘下一朵红色的玫瑰花。"(第二幕第四场27~33行)旁观者不可能再像起初那样保持中立了。他们必须选择。

  历史上的约克和萨默塞特都是强大的封建领主,拥有私人军队,有效控制着英格兰岛的特定地区。这部戏本来可以把他们描绘成阿富汗军阀那样的形象。但实际上,该剧让我们目睹了党派的诞生,以及贵族对手如何变成政敌的过程。莎士比亚并没有完全按照我们的观点来构想剧情,他那个时代的国会制度与后来在英国和其他地方发展起来的党派结构全然不同。尽管如此,他展示的东西却出奇地让我们觉得熟悉。带着一种奇特的即时性(immediacy),法律上的争论(无论是什么)让位于对白玫瑰或红玫瑰的盲目支持。

可以想象，由于各党派是由不同的人组成的大型集团，它们可以转移领导人的敌意，促成妥协。但在这里却发生了相反的情况：一旦不同的党派出现，每个人似乎都突然怒气冲天。"瞧，萨默塞特，哪儿还有你的论点？"约克问。萨默塞特回答说他的论点就在剑鞘里，它打算"把你的白玫瑰染成血一般红"。约克也同样愤怒。他说："这无色、含怒的玫瑰，作为我血海深仇的标记/我要和我的同道们永远佩戴。"（第二幕第四场59~109行）

在这一幕的开始，当华列克伯爵（Earl of Warwick）被要求对这个法律争论的一方或另一方发表意见时，他退缩了。他和气地宣称，他对飞鹰走狗还略知一二，但对于这些高度技术性的问题——"这些法律上的细致精微的论点"（第二幕第四场17行）——他声称自己并不比寒鸦这种众所周知的笨鸟更聪明。但到了最后，随着帮派的形成，他的克制消失了。他摘下了白玫瑰，渴望着鲜血。他预言：

今天议会花园里的这场争论，
将会分裂成红、白玫瑰的两派，
不久将会使成千的人丢掉性命。（第二幕第四场124~128行）

模糊的法律差异并没有从根本上改变，也没有出现新的争端，似乎也没有贪婪或嫉妒等潜在原因。但党派之间的愤怒仿佛获得了自己的生命。突然间，每个人体内似乎都涌动着充满杀意的怒浪。这就好像，在国王这样的统治人物缺席的情况下，仅仅是传统的和无意义的徽记促成了群体团结和群体厌恶的爆发。

这种厌恶是导致社会崩溃和最终走向暴政的一个重要原因。这种情绪使得对手的声音，甚至思想，几乎无法被忍受。你不是支持我就是反对我——如果你不跟我站一起，我就恨你，就要毁灭你和你所有的追随者。每一方自然都要寻求权力，但寻求权力本身变成了愤怒的表达：我渴望用权力来粉碎你。愤怒会产生侮辱，侮辱会产生无耻的行为，无耻的行为反过来又会加剧愤怒的强度。一切便开始失去控制。

全面的崩溃并非发生在一夕之间。社会秩序仍然存在。尽管身处困境，亨弗雷公爵仍在掌权。与此同时，年少的国王、护国公服务的对象，正在成长为一个能够意识到争吵各方所造成的危险的年轻人，并愿意直言不讳。他表示："臣僚不和，好比是一条毒蛇/会把国家的心脏啃掉的。"（第三幕第一场 72~73 行）他的看法显然是正确的，但不幸的是，他听起来更像是一个说着格言警句的道德家，而不是一个国王。平息残酷党争所需的一切能力——魅力、狡诈或冷酷——亨利王都没有。

中央权力的软弱进一步激化了事态。约克轻蔑地看待年轻的亨利王"书呆子般的统治"（《亨利六世》中篇第一幕第一场 256 行），并开始着手在与政敌的斗争中谋求有利的位置。他开始私下考虑为自己夺取王位，他感觉其他人一定也有同样的想法。为了登上王位，他必须消灭任何潜在的对手。与此同时，亨利王真心地试图安抚那些暴躁的贵族，促使他们安排了一场假模假式的和解仪式。他说，他们的愤怒让他觉得"头脑不清"；他们为"一些无聊的小事"争吵（《亨利六世》上篇第四幕第一场 111~112 行），并执拗地维护像红白玫瑰这样的徽记,这样做毫无意义。但他太软弱了,除了提出众人应当共同对抗法国这个空洞的意见以外别无他法。

这其中的部分原因在于亨利王本质上是个正人君子。为了巩固英国对海外领土的主权,他娶了一位美丽的法国贵妇玛格莱特,他看不出玛格莱特是一个冷酷无情的政客,更不知道她与傲慢的萨福克侯爵有染。这位天真的年轻国王呼吁人们保持美好的理性和核心道德观念,并坚信所有男人和女人都会对这些品质欣然认同。

尽管国王本人还没有完全成年,但他把这些顽固的派系首领看作被宠坏的自私的孩子,他们激烈的派系斗争是对真正重要的问题不正常的干扰。

他对党派之间争吵的蔑视完全可以理解,但这只会使事情变得更糟。当需要指派朝臣去担任重要的职位——比如,谁应该被任命为摄政大臣,去管理英国在法国仍占有的领土——时,亨利王宣称他并不在意:"众位贤卿,在我看来,哪个来担当都无所谓/萨默塞特也好,约克也好,对于我都一样。"(《亨利六世》中篇第一幕第三场 100~101 行)但这种超脱只会为激烈的竞争留下空间。如果他表达对某一方的偏爱,或者对暗藏在他所掌管的体制中的危险有更清晰的认识,情况反而会更好一些。

唯一能抵御即将到来的混乱的国之柱石是护国公亨弗雷公爵。但是,可以预见的是,一群愤世嫉俗的人,包括教会和王室随从,密谋要把他赶下台。他被诬告犯有叛国罪后,仍然试图警示国王。他告诉亨利,如果他的毁灭标志着仇敌阴谋的结束,他愿意放弃自己的生命。"只怕我的死亡只是他们所要演出的序幕,"他告诫亨利王,"他们还有无穷的诡计,暂时还

未露痕迹/不等到——搬演出来，他们所计划的悲剧是不会结束的。"（第三幕第一场 151~153 行）

亨利听到了这个警告，但无法挽救他的这位良师益友。狡诈的萨福克告诉议会，外表像个老实人的护国公"心里藏着的诡计才是毒辣"。阴险的红衣主教波福（Cardinal Beaufort）诬告他"为不相干的小过错，就用酷刑把人处死"（第三幕第一场 57~59 行）。贪财的约克指控他贪污。勃金汉（Buckingham）讥笑说，与那些即将曝光的罪行相比，这些只是"无关紧要的小事"。不贞而又狡猾的虐待狂玛格莱特王后称亨弗雷公爵为"失败者"（第三幕第一场 182 行）。国王不相信这些指控——"我的良心告诉我，你是无罪的"（第三幕第一场 141 行）——但他无力阻止一个又一个的陷阱。当护国公被押走去回答指控时，亨利绝望地离开了议会，"我的心房已被悲伤淹没，我眼中满含辛酸之泪"（第三幕第一场 218 行）。

亨弗雷公爵的敌人暗中互相憎恨，但他们至少在一件事上意见一致：他们都想把这个正直的人——如亨利所说"正直、笃实、忠诚"（第三幕第一场 203 行）——清除掉。因为他们知道他们对公爵的指控是虚假的，而且他们担心国王的有力支持会使他们在缺乏真实证据的情况下难以定罪，所以他们决定谋杀他。他们虽然愤世嫉俗、冷酷无情，但即使在他们恶毒的小圈子内部，他们也不能公开承认他们的目标是杀死护国公，以达到他们自己的目的。相反，他们声称自己关心的是国家利益，关心的是天真而容易轻信的国王的福祉。亨利"太老实，心太软"（第三幕第一场 225 行），狡猾的王后叹道他无法看穿亨弗雷公爵的诡计。贪婪的约克补充道，让亨弗雷担任护国公，就像让一只饥饿的老鹰保护一只鸡。狡猾的萨福克认为，这就像让狐狸成为羊群的守护者一样。仅仅因为这只狐狸没有造成任何伤害，也不能改变他是一个"狡猾的杀人犯"的事实。所以，"在他双手沾上鲜血之前"（第三幕第一场254～260行），就应被设法除掉。

这些上层政治人物正在玩一场奇特的游戏。该群体中没有人相信公爵必须被杀，以便保护国王或拯救国家。他们所说的每句话都是谎言，每个策划者只不过是把自己的主要恶习投射到他们意欲加害的那个人身上。他们既然不在公共场合，为什么不干脆把他们的意思说出来呢？

有几个可能的答案。第一，他们都是政客，因此天生不诚实；对莎士比亚来说，"政客"（politician）这个词几乎等同于"伪君子"（hypocrite）。（"你还是去装上一双玻璃眼睛，"李尔生气地说，"像一个卑鄙的政客，/假装能看见你所看不见的事情。"[《李尔王》第四幕第六场164～166行]）第二，他们彼此不信任，也不知道在他们说话的房间外可能会有什么举报。第三，每个人都暗暗希望，他们的谎言，也只有他们的谎言能欺骗其他人。第四，他们假装自己是正直的，即使他们知道自己不是，这也会让他们自我感觉更好。还有第五，他们都在小心翼翼地观察，看看他们当中是否有人对这场阴谋表达了哪怕一点点保留意见，以及任何可能导致阴谋破产的东西。他们希望每个人都能参与进来。

在看到众人都不再犹豫后，世故的波福红衣主教开始着手进行必要的安排。"这件事只要你表示同意、赞成，"他最后一次征求意见，"刽子手由我去找。"然后，他又加上了那种典型的假意忠心护主的腔调："我对于王上的安全实在是太不放心了。"(《亨利六世》中篇第三幕第一场 275~277 行)在所有人都同意的情况下,红衣主教履行了他的承诺:亨弗雷公爵很快被谋杀了,他在床上被主教雇来的杀手勒死。

尽管他们采取了一切预防措施,阴谋者还是未能成功地隐藏他们的罪行。谋杀现场经过了精心安排,为的是让人觉得受害者是自然死亡,但尸体的状况却表明情况并非如此。如华列克所说:

> 你看这尸体,
> 脸上发紫,充满了血;
> 眼珠暴了出来,
> 像一个吊死的人那样可怕地瞪着;
> 他的毛发竖立,鼻孔张着,
> 像是经过了一番挣扎;
> 他的双手向外伸张,
> 分明是做过垂死的搏斗,
> 后被强力制服……
> 毫无疑问,他是在这里被谋杀的。(第三幕第二场 168~177 行)

国王悲痛欲绝,一向爱戴正直的亨弗雷公爵的普通民众愤怒地要求惩罚最有可能的作恶者萨福克和红衣主教波福。尽管王后一再求情,国王还是流放了萨福克——他最终在海上被海盗杀死。红衣主教病死,死前还发疯一般念叨着他下令谋害的那位公爵。

但损害已经造成,国家正在摇摇欲坠。虽然萨福克和红衣主教一直活跃在幕前,隐藏在杀害护国公的阴谋幕后的却是野心勃勃的约克:"我的头脑比结网的蜘蛛更加忙碌,/我要织成罗网来捕捉我的敌人。"(第三幕第一场 339~340 行)作为国王爱德华三世的后裔,约克处于等级社会的顶端,他为自己的王室血统而自豪。但正是这个痴迷于等级的人——他详细地叙述了他高贵的血统——为了推进自己的事业,在红玫瑰和白玫瑰之间的政治斗争中引入了一种新的元素。

到《亨利六世》三部曲的中篇为止,尚不能看到多少底层人民的身影。政治几乎完全是精英们的事,他们互相争斗,而默默无闻的信差、仆人、士兵、警卫、工匠和农民仍然生活在阴影中。但出乎意料的是,角色阵容发生了变化:约克看到了一个可以与不幸、被忽视和无知的下层阶级结成联盟的机会,他抓住了这个机会。我们看到,剧情发展至此却依然处于隐形和沉默状态的穷人已经无法再压抑胸中的怒火了。派系斗争冷酷无情地利用了阶级斗争,其目的是制造混乱,为暴君篡夺政权创造条件。

第3章　欺骗性的民粹主义

　　在描述约克这个野心勃勃的暴君的策略时，莎士比亚细心地指出，在他那个时代的地主阶层中，存在着一股对大众和民主（作为一种实际可行的政治体制）的强烈蔑视。民粹主义可能看起来像是向穷人敞开了怀抱，但实际上它是一种对民众无情的利用。约克这个不择手段的政治领袖对改善穷人的生活没有实际的兴趣。他生来就拥有巨大的财富，他的品位倾向于华丽的奢侈品，他觉得下层阶级的生活没有一点吸引力。事实上，他鄙视他们，讨厌他们身上的气味，害怕他们携带病菌，认为他们多变、愚蠢、毫无价值，随时可以抛弃。但他明白，他们有助于实现他的野心。

　　了解国家底层情况的人不是那位善意的国王亨利，也不是有原则的人民公仆亨弗雷公爵，而是约克。约克的"天才"——如果这个词能被用来形容如此卑劣的事情的话——就在于他能够利用最穷苦的人心中的怨恨。"我要在英格兰掀起一场墨黑的暴风雨"，他这么想；这场风暴将不会停止怒吼，直到他实现计划，成功夺取王冠——"那黄金的王冠落到我头上"，像辉煌耀眼的阳光一般，将那场风暴平息。他透露，他找到了一个完美的人选来做他的傀儡："我已经把肯特郡的一名莽汉（约翰·凯德）煽动起来。"（《亨利六世》中篇第三幕第一场349~357行）

约翰（或称杰克）·凯德是一个真实的人物，他是一个出身社会下层的造反者，人生经历少为人知。1450年，他领导了一场反对英格兰政府的血腥的平民暴动，暴动很快被武力镇压。为了塑造这个角色，莎士比亚把从史料中收集到的材料结合在一起（包括凯德受约克秘密资助的指控），并把这些材料与其他农民起义的事迹结合起来，再加上从他自己生动的想象中提取的细节。

　　这位大人物理查·普兰塔琪纳特（Richard Plantagenet），即约克公爵，丝毫不关心他所引诱的这个卑贱之人的最终命运，也不关心他用来煽动叛乱的衣衫褴褛的暴民。但他仔细观察凯德，发现了一些可利用的特质，包括后者对痛苦异乎寻常的淡漠。因此，凯德有能力隐藏他们之间的秘密联系：

> 万一凯德失败被擒，
> 即使在严刑拷打之下，他也决不会
> 招供是我鼓动他起兵暴动。（第三幕第一场 376～378 行）

保密非常重要：有权有势的贵族被揭露煽动了一场邪恶的平民起义是万万不行的。

　　起义的风暴结果比约克所希望的更加猛烈。这群暴徒聚集在伦敦郊外的黑荒原（Blackheath），召集人正是凯德。凯德证明自己是一个卓有成效的煽动家，是巫术经济学（voodoo economics）的大师：

> 以后在我们英国，七个半便士的面包只要一便士，

三道箍的酒壶要改成十道箍,我要把喝淡酒的人判作大逆不道。我要把我们国家变成公有公享……我要取消货币;大家的吃喝都归我承担。(第四幕第二场 61~68 行)

当群众大声欢呼表示赞同时,凯德让人听着就像一位现代的政治演说家:"好百姓们,我谢谢你们。"(第四幕第二场 67 行)

这些暴动承诺的荒谬本质并不妨碍其产生效果。现实恰恰相反:凯德谎话连篇,不断编造他出身高贵的凭据,并对他将要做的大事大肆宣扬,群众却热切地接受了这些谎言。可以肯定的是,他的左邻右舍都知道凯德是个天生的骗子:

凯德:我母亲是普兰塔琪纳特家族的小姐……
狄克:(旁白)我跟她很熟悉,她是个接生婆。
凯德:我夫人出身于花边名门……
狄克:(旁白)的确,她是一个货郎的女儿,卖过不少花边。(第四幕第二场 39~43 行)

凯德对自己贵族血统的荒谬吹嘘本应让他看上去像个小丑。他远非一个富有、出身高贵的大亨,只不过是个流浪汉而已。"我亲眼见过他连着三天在市集上挨到鞭打"(第四幕第二场 53~54 行),他的一个支持者小声说。但奇怪的是,这种认识并没有削弱民众的信心。

就我们所知,凯德自己可能认为,他在煽动造反的过程中如此明显编造出来的东西最终会实现。因为他对真相的淡漠、无耻和自我膨胀，这个高谈阔论的煽动家正在进入一个幻想世界——"等我做了王上，我是一定要登基的"——并带领着他的听众和他一起进入同一个神奇的空间。在这个空间中，二加二不一定等于四，也不需要担心刚说出口的和几秒钟前说出的大话相矛盾。

在平时，当一个公众人物被发现说谎或仅仅暴露出对真相的公然无知时，他的威信就会下降。但现在不是平常时期。如果一个冷静的旁观者指出凯德的所有歪曲事实的、错误的和彻头彻尾的谎言，群众的愤怒就会指向质疑者，而不是凯德。剧中很有名的一段便是，在凯德的一次演讲结束时，人群中有人大喊："第一件该做的事，是把所有的律师全都杀光。"（第四幕第二场71行）

莎士比亚知道这句话会让人发笑，四百年来它一直有这样的效果。它释放了围绕着整个法律事业的敌意——不仅针对腐败的律师，而且针对庞大的社会机构的所有代理人，这些机构迫使人们执行合同、偿还债务、履行义务。我们想当然地认为，民众希望领导人具备这种负责任的品质，但实际情况并非如此。相反，民众想要的是获准无视承诺、违背诺言和打破规则。

凯德开始含糊地谈论"改革"，但他真正的诉求是大规模的破坏。他敦促暴徒们拆除伦敦的法学院，即律师学院（Inns of Court），但这仅仅是个开始。"我要向爵爷提出一个请求，"他的一个主要追随者恳求道，"英国的法律必须从口里发出。"（第四幕第七场3~7行）"我已经考虑过了，"凯德回答，"一定这样办。去，去把国家的档案全烧掉。今后我的一张嘴就是英国的议会。"（第四幕第七场11~13行）

在这种破坏中,普通民众即使失去他们所拥有的非常有限的权利——他们在议会选举投票时所表达的权利——也无关紧要。对于凯德的热心支持者来说,这种由来已久的代议制度毫无价值。他们觉得自己从来没有过代表。他们最初的愿望是撕毁所有协议,取消所有债务,摧毁所有现有机构。更好的办法是把独裁者的话当成法律,他可能自称是普兰塔琪纳特家族的一员,但他们认为他是他们中的一员。民众完全知道他是个骗子——尽管他贪赃枉法、残酷无情、自私自利——但他成功地表达了他们的梦想:"从今以后,一切东西都公有公享。"(第四幕第七场16行)

凯德的狂呼乱叫使人们不再关注他是否坦诚了自己的过去,不再关注他是否会认真履行自己的各项承诺。当他违反所有合同时,他的追随者非但没有要求他信守诺言,反而感到满意:"在羊皮纸上写上一大堆字,就能把一个人害得走投无路,那又是多么混账?"(第四幕第二场72~75行)关于"写上一大堆字"的羊皮纸的议论既可笑——法律文件还应该是什么样子呢?——又精妙。那些被凯德的激情怂恿的穷人感到被排斥、被轻视,并隐约感到羞愧。他们被排除在某种社会体制之外,这种体制越来越需要一种一度只有少数人才能掌握的深奥的技术:识字。他们不认为自己能掌握这项新技能,他们的首领也不建议他们接受任何教育。他们会读写并不符合他的目的。相反,他所要做的是操纵他们对受过教育的人的怨恨。

暴徒很快抓住了一个书吏,并对他提出指控:"他会写会念。"确实,他的指控者说得没错,"他正在替孩子们写字帖,我们把他抓住了"(第四幕第二场81行),也就是说,他正为学生准备写字练习。凯德亲自进行审讯。"你这人经常为自己签名呢,"他问,"还是像一个忠厚老实人那样替自己画上一个记号"?(第四幕第二场92~93行)如果书吏知道什么答案对他有好处,他就会坚持说自己是文盲,只在自己的名字上画上一个记号。相反,他自豪地宣布自己的素养:"老爷,感谢上帝,我是一个有教养的人,我能签名。"暴民们喊道:"他招供了!把他带走!他是一个坏蛋,是个叛徒。"凯德响应群众的要求并下令说:"把他带走,我说!把他的笔墨套在他的脖子上,吊死他。"(第四幕第二场94~99行)

用杰克·凯德自己的话说,他憧憬男孩们会玩掷硬币的游戏来赢得"法国克朗"的年代,那时英国还没有"致残,拄着拐杖走路"(第四幕第二场145~150行)。他认为,在软弱的人把国家引入歧途之前,英国曾让它的敌人在它的力量面前颤抖,现在必须恢复那种辉煌和气派。他承诺要让英国再次伟大起来。他会怎么做呢?他立刻指示民众:攻击教育。受过教育的精英背叛了人民。他们都是叛徒,将被绳之以法,而伸张这种正义的不是法官和律师,而是一呼百应的领袖和对他言听计从的乌合之众。英国司库赛伊勋爵"会说法国话","可见他是个叛徒"(第四幕第二场153行)。这么说很有意思:"法国人是我们的敌人……我只问这一点:会说敌人语言的人能不能做一个好大臣?"群众嚷着回答:"不能,不能!我们一定要他的脑袋!"(第四幕第二场155~158行)

当暴民冲破伦敦的防御,涌进城市,抓住赛伊勋爵时,凯德感受到了胜利的喜悦。他手中抓着的这位英国最高财政官员是他承诺要排干的沼泽的象征。(这个暴乱煽动者实际上用一个比较粗俗的比喻表达了他的目标。他宣布:"叫你知道,我就是一把扫帚,要把你这肮脏东西从宫廷里扫出去。"[第四幕第七场 27~28 行])他列数了这名囚犯的罪状,而他那些激动的追随者都全神贯注地听着。他指责赛伊勋爵做了一些比把诺曼底拱手让给法国人更糟糕的事情:

> 你存心不良,设立什么文法学校来腐蚀国内的青年。以前我们的祖先在棍子上刻道道儿就能计数,没有什么书本儿,你却想出印书的办法;你还违背王上和王家的尊严,设立了一座造纸厂。(第四幕第七场 28~33 行)

帮助培养受过教育的公民——读书人——是赛伊最令人震惊的罪行。凯德有确凿的证据:"我要径直向你指出,你任用了许多人,让他们大谈什么名词啊,什么动词啊,以及这一类可恶的字眼儿,这都是任何基督徒的耳朵所不忍受的。"(第四幕第七场 33~36 行)

当然,我们必定会觉得这很可笑,这情景演得很逗乐。但莎士比亚抓住了一个极其重要的问题:尽管煽动者言辞的荒谬显而易见,但它引发的笑声丝毫没有削弱其威胁性。凯德和他的追随者不会因为传统的政治精英和所有受过教育的民众都认为凯德是一个傻瓜而逃之夭夭。

凯德明白自己权力的基础,这从接在他关于名词和动词的胡言乱语后面的几句话就可以看出。他指责赛伊勋爵:

> 你还任用了许多司法官,他们动不动就把穷人召唤到他们面前,把一些穷人无法回答的事情当作他们的罪过。你还把穷人关进牢房,只是因为他们不识字,你甚至把他

们吊死，可是正因为他们不识字，他们才有资格活下去呀。（第四幕第七场36~41行）

从某种意义上说，这种胡说八道是凯德制造的口水垃圾的延伸：他认为罪犯仅仅因为是文盲就应该得到赦免，这是荒谬的。但这个笑话很快变得不那么好笑了。这部戏已经充分表明，有钱有势的人可以逍遥法外。此外，莎士比亚的观众都很清楚，当时的法庭允许一种叫作"神职豁免"（benefit of clergy）的东西，通过这种法律手段，因谋杀或盗窃而被判处死刑的人如果能证明自己受过教育，就可以被送回没有死刑的司法管辖区。凯德的指责——那些不识字的人会被绞死——并非虚言，整个法律体系确实倾向于支持受过良好教育的精英。

因此，凯德所能激起的下层阶级无穷的怨恨也就不足为奇了，而他和他的追随者所受到的嘲笑和蔑视只会加剧这种怨恨。"反叛的贼徒们，你们是肯特郡的渣滓，/早就该上断头台了，"王室军官亨弗雷·斯泰福德爵士（Sir Humphrey Stafford）呵斥暴徒说，"快些放下你们的武器！/回到你们的茅屋去。"（第四幕第二场111~113行）称他们是"渣滓"恰好突出了他们的领袖给予他们的礼貌和尊重。凯德告诉他们："好百姓们，我要对你们说几句，我不久就要治理你们，/因为我是王位的合法继承人。"（第四幕第二场118~120行）他再次提到了他那可笑的谎言，而官方也再次试图揭穿他。斯泰福德怒不可遏地说："混蛋，你爸爸不过是个泥水匠。"对此凯德回应说："亚当也不过是个园丁呀。"（第四幕第二场121~123行）

这个回答不仅是个违反逻辑的推论（non sequitur）。凯德的话暗指了十四世纪末农民起义的口号："当初亚当耕田夏娃织布，那时谁是淑女绅士？"农民起义领袖、牧师约翰·鲍尔（John Ball）详细解释了他那首煽动性小诗的意思："世界之初，所有的人生而平等。"那场起义最终失败，但叛军烧毁了法庭记录，打开监狱，并杀害了王室官员。

莎士比亚在描写凯德的起义时，描绘了下层阶级的暴动在有产阶级中引起的恐惧和厌恶。农民起义者情绪高涨：他们不仅要消灭上层贵族，而且要消灭全国所有受过教育的人。一个惊恐的观察者讲述道："一切念过书的人、律师、大臣和绅士，他们都是蠹虫，都该处死。"（第四幕第四场35~36行）平民被剥削和奴役，这是他们获得自由的时刻。"一个贵族、一个绅士也不饶"，凯德冷酷地发出命令，号召他的追随者"除了穿钉鞋的老粗以外，也就是说，除了穿打着钉子的靴子的农民，谁也不饶"（第四幕第二场169~170行）。农村的穷人还没有加入反叛的城市群众，但是正如凯德所说，农民"都乐意跟着我们跑，/只不过没有胆量出头罢了"（第四幕第二场172行）。他们是无知者反对文化人的战斗中的同路人，如果他们有勇气，他们会为凯德下达的处死谈吐优雅的赛伊爵士这些人的恐怖命令而喝彩："走，把他带走，我说，立刻砍下他的脑袋。然后冲进他女婿詹姆士·克罗麦爵士家里，砍掉他的头，把他们两个的头用两根竿子挂起来，带来我看。"（第四幕第七场99~101行）

当他的命令得到执行，头颅被呈送到他面前时，凯德安排了一场残酷的政治戏剧。"让他们亲个嘴吧，"他下令，"他俩活着的时候亲热得很哩。"随后他又用煽动者典型的带着残酷的讽刺语气补充说："再把他俩分开，要防着他俩再串通出卖

法国的城市。"(第四幕第七场 119~122 行)

凯德渴望成为一个暴君，而且是一个富有的暴君："这国度里最高贵的贵族也不能把脑袋戴在肩膀上，除非他向我纳贡。"(第四幕第七场 109~110 行) 他还想象自己能有权和所有他能弄到手的女人上床。有一段时间，他成功地让他的追随者陷入破坏性疯狂之中："上鱼街！转往圣麦格纳斯街角！杀掉他们，干掉他们！把他们扔到泰晤士河里！"(第四幕第八场 1~2 行) 但他没有组织能力，也没有可以倚仗的派系。尽管他的追随者不知道，我们却很清楚，他只是阴险的约克的工具。

当时机成熟，当权的贵族便以其人之道还治其人之身，并通过激发本土主义情绪和掠夺的梦想，将叛乱引向一个不同的方向——"到法国去，到法国去，把你们丢掉的东西夺回来！"感到孤苦无依、愤愤不平的凯德逃命去了，他咒骂他的那些跟随者：

> 我原以为你们在恢复古老的自由以前决不会放下武器，可你们全是些胆小鬼、可怜虫，喜欢在贵族手下当奴隶。让他们压断你们的脊梁，霸占你们的房屋，当着你们的面奸淫你们的妻女吧。(第四幕第八场 23~29 行)

47 我们再看到凯德时，他已是一个饥饿的逃犯，闯入一个花园"看能不能吃点青草，或是拣到一点生菜什么的"(第四幕第十场 6~7 行)。花园的主人轻易地用剑将这个皮包骨头的叛逆者制服，拖走了他的尸体，并说道："让粪堆做你的坟墓。"(第四幕第十场 76 行)

第3章 欺骗性的民粹主义 / 041

亨利王松了一口气，但几乎就在凯德倒台的消息传来的同时，有消息说约克带着一支爱尔兰军队正向王室营地挺进。约克很狡猾，他把自己的意图隐藏起来，直到他有足够的力量采取行动，但他私下明确表示，除了王冠，什么都无法让他满足。接下来是一系列错综复杂的事件，法国的战争与国内的阴谋、背叛和暴力交织在一起。结果是两大派系——红玫瑰家族和白玫瑰家族，兰开斯特郡和约克郡——全面开战。

这场战争的恐怖集中体现了基本价值观的崩溃——对秩序、文明和人类尊严的尊重完全丧失——这为暴君的崛起铺平了道路。在约克和萨默塞特之间的争论中，已经可以窥见这种分裂的苗头，他们曾为了一个模糊的法律问题产生分歧，之后他们的矛盾迅速升级为一连串的辱骂。党派政治的兴起加剧了人们的愤怒，然后，约克的诡计导致了亨弗雷公爵被杀和杰克·凯德的叛乱。但是内战揭开了阴谋的面纱：主要的政治人物不再隐藏他们的极端野心，也不再让下属代他们将暴虐的冲动变为现实。这些错综复杂的情节使得莎士比亚三部曲的最后一部难以上演，但有几点特别值得注意。

第一，不断升级的混乱使得权力斗争的结果完全无法预测。当他通过在暗中操弄凯德这样的傀儡来实现自己的愿望时，约克似乎坚不可摧。可是一旦他真面目公开——他一度坐上王位，但很快就被迫下台——他和他的家人就会成为对立派系的直接目标。不久，当约克的敌人抓住他本人时，他们嘲弄地递给他一条浸满他儿子鲜血的手帕。然后他们嘲笑他，给他戴上了一顶纸糊的王冠，并捅死了他。这就是他亲手帮助释放并合法化了的邪恶的残忍，这也是想当暴君的人的下场。

第二，绝对统治的梦想不是个人目标。在当时的政治观念中，这是一个王朝的野心，一个家族的事业。在这个权力依惯例从父亲传给长子（在没有儿子的情况下传给长女）的时代，专制者完全有理由效仿他们试图取代的君主，并力求确保他们的继承人的权力。即使在由选举决定继承权的民主制度中，建立家族式王朝的野心也没有完全消失；在当代政治中，这一趋势似乎正在加剧。更何况，永远没有安全感的暴君除了他自己的家人，还能信任谁呢？

49　　但家族利益只是莎士比亚笔下造成持续动荡的因素之一。这场混乱也是党派政治的结果，剧中的象征是摘取白玫瑰和红玫瑰。约克之死对他的党派是个重大打击，但这绝不意味着推翻合法君主的斗争就此结束。约克派找到了一个新的候选人——约克的儿子爱德华，并想尽办法将他推上王位。

　　第三，决心不惜一切代价夺取政权的党派与英国的宿敌秘密勾结。英国与海峡对岸的这个国家的敌意时常被收复英国在法国的领土的狂热的爱国主义言论煽动，而为了达到这样的目的所付出的财富和鲜血使这种敌意愈发高涨，但此刻故意却突然消失了。以凯德为例，约克党人曾假装认为说法语就是叛国行为，如今却开始和法国进行一系列秘密谈判。名义上，谈判的目的是通过安排一桩王室婚姻来结束两国之间的敌对状态，但正如玛格莱特王后冷嘲热讽地指出的那样，谈判实际上是"出于实际需要的一种欺骗手段"（《亨利六世》下篇第三幕第三场68行）。为了把爱德华·普兰塔琪纳特推上王位，约克党人试图增强他们的候选人的权力。爱德华仍然缺乏推翻亨利王的力量，而他的派系千方百计获得这种力量，即使这意味着背叛他们的国家。约克党人一直哀叹这么多领土被他们憎恨的对手法国人夺走，并慷慨激昂地指责亨利王造成了这一损失。

但现在这一切都不重要了，约克党人对他们的宿敌突然表现出一种"真诚的友谊"（第三幕第三场 51 行）。像塔尔伯特（Talbot）这样热情的爱国者天真得无可救药，认为对国家的忠诚高于个人利益。像玛格莱特王后这样愤世嫉俗的圈内人则心知肚明。她问："除了向外国收买盟友之外，篡位者要想顺利地统治本国人民，还有什么更好的办法？"（第三幕第三场 69~70 行）

第四，合法而温和的领导人不能指望民众一定会感激或支持他们。国家已经陷入混乱中，犯上作乱这种对原则的明显背叛并没有引起多强烈的愤慨。在其他时候可能会被指控为叛国的事情，现在已经被轻易地接受了。如果背叛行为不再受到预期的惩罚，那么对美德也不再有预期的奖励。也许这样的期望一直都是一种妄想：一名合格的统治者永远不应指望民众的感激。这一点在凯德起义中已经表现出来，但在内战进入高潮时，它再次出现，而且更致命。就在倒台之前，亨利王表达了他会得到臣民支持的信心，因为自己一直是个相当公正、有爱心和温和的国王。这种说法确实在理，但他认为这将为他赢得民众的支持却是一个致命的错误。亨利王安慰自己说：

> 他们有什么要求，我总是虚心倾听，
> 他们有什么诉愿，我总是立刻处理。
> 我的怜悯好比香膏能医治他们的创伤；
> 我的温和减轻他们心头的苦痛；
> 我的慈祥止住他们汩汩的泪水。
> 我从来不贪他们的钱财，
> 从来不对他们横征暴敛；

> 他们有了错误我也不急于惩罚。
>
> 那他们为什么更爱爱德华而不是我呢？（第四幕第八场39~47行）

但当关键时刻到来，在一场决定约克党能否最终成功夺权的战斗中，公众并没有积极地支持贤德的亨利王。先是他的儿子和继承人被约克的儿子抓住并杀死，然后他也死在葛罗斯特公爵理查（Richard, Duke of Gloucester）的手中，此人是约克诸子中最残忍的一个。约克党领袖爱德华·普兰塔琪纳特登上王位。

第五，在国家动荡之后，表面上秩序的恢复可能只是一种幻觉。爱德华王急于"尽情欢乐，歌舞升平"（第五幕第七场42~43行），比他的父亲约克公爵温和得多，对绝对权力的幻想也少得多。为了让这个国家恢复正常、合法的统治，他希望能让所有人都忘记这场尚未完全消散的噩梦。本着这种遗忘的精神，他描述了他的派系所引起的"令人不快的"流血事件。他高兴地宣布所有的威胁都消失了："我们的卧榻之旁再没有别人鼾睡/我们可以高枕无忧。"（第五幕第七场13~14行）

用新国王最后的陈词来说，王国的一切问题似乎都圆满地解决了："我们永享太平。"（第五幕第七场46行）然而，在莎士比亚的"玫瑰战争"三部曲接近尾声时，观众们知道，这种喜悦绝不会持久。爱德华王和他的支持者的胜利，以及他的王位在很大程度上归功于他的两个强势的兄弟——克莱伦斯公爵乔治（George, Duke of Clarence）和葛罗斯特公爵理查。毫无疑问，乔治在内战中曾一度动摇，短暂地站在兰开斯特党人一边，但他最终为约克党人的事业而战。理查从未动摇过，正是他杀死了亨利六世。但随着国王在他的脚下流血而死，理查悄悄地表明，他唯一效忠的对象就是他自己。"我无兄无弟，"他宣称，"我一向独来独往。"（第五幕第六场 80～83 行）一个新的暴君正在伺机而动。

第4章　性格问题

莎士比亚的《理查三世》进一步出色地展现了《亨利六世》三部曲已经大致描绘的理查三世这个野心勃勃的暴君的性格特征：自我膨胀、违法乱纪、以折磨他人为乐，以及难以压抑的控制欲。他自恋到了病态的程度，极度傲慢。他荒唐地觉得自己的一切要求都理当被满足，对他自己可以为所欲为这点深信不疑。他喜欢发号施令，喜欢看着下属们急急忙忙地执行命令。他期待绝对的忠诚，但不懂得感恩。别人的感情对他毫无意义。他没有天生的优雅，没有共同的人性意识，毫无廉耻。

他对法律不仅是漠视而且是痛恨，并以破坏法律为乐。他讨厌法律，因为它挡了他的路，因为它代表着他所轻视的公共利益。他把世人分为成功者和失败者。成功者引起他的注意，因为他可以利用他们为自己的目的服务；而失败者只会引起他的蔑视。只有失败者才喜欢谈论公共利益。他喜欢谈论成功。

他一直很富有。他生于富贵之家，并对此加以充分利用。虽然他喜欢金钱给他带来的一切，但这并不是最令他兴奋的。使他兴奋的是统治带来的喜悦。他是个恶霸。他动不动就发怒，谁要是挡他的道，他就除掉谁。他喜欢看别人因痛苦而畏缩、颤抖或退避。他善于发现别人的弱点，随意嘲笑和侮辱他人。这些伎俩为他吸引来了一些追随者，他们同样也被残忍的快乐吸引，即使他们达不到他那种程度。追随者虽然知道他是危险的，但仍帮助他达到他的目标，那就是拥有至高无上的权力。

他对权力的占有包括对女性的支配，但他对她们的蔑视远远超过对她们的欲望。对女性的征服让他兴奋不已，但这只是为了不断地证明他可以拥有任何他喜欢的东西。他知道被他掌控的人都恨他。就此而言，当他成功地掌握了他渴望的控制权时，无论是对政治还是对女性，他立刻就明白了几乎每个人都讨厌他。起初，这种认识让他充满活力，让他对竞争对手和阴谋保持高度警惕。但它很快就开始侵蚀他，使他精疲力竭。

他迟早会倒台。他死时无人爱，无人惋惜，只留下残骸。如果理查三世从未出生，情况会更好。

莎士比亚对理查的描述是以托马斯·莫尔（Thomas More）所写的，后经一篇极具党派倾向性的都铎时期编年史作家复述的记载为基础的。但这位剧作家还想知道，理查的精神病症是从哪儿来的？它是怎么形成的？根据莎士比亚的理解，这个暴君内心深处被自己的丑陋折磨，这是他身体畸形的后果，从他出生的那一刻起，人们就因厌恶或恐惧而退缩。"当时接生婆大吃一惊，女人们都叫喊：/'呵呀，耶稣保佑我们呀，这孩子生下来就满嘴长了牙齿啦！'"（《亨利六世》下篇第五幕第六场74～75行）"我确实是嘴里长牙，"他自忖，"这显然表示，/我生下来就应该像一条狗那样乱吠乱咬。"

理查新生便长牙齿是一个极具象征性的特征，他以此描述自己，这个描述也显然被他人进一步细化。"据说我叔叔长得好快，"他的侄子小约克天真地说，"才生下来两小时他就能啃嚼面包壳。"(《理查三世》第二幕第四场27~28行)"是谁告诉你的?"他祖母约克公爵夫人问,她是理查的母亲。"他的奶妈。"小孩回答。但公爵夫人不相信:"他奶妈?她死的时候你还没有出世呢。"(第二幕第四场33行)小约克说:"如果不是她,我就说不上是谁了。"(第二幕第四场34行)理查的幼年已经成为传奇。

理查提到了接生婆和陪护女仆的反应,但很容易推测,关于他不祥出生的描述主要来自他的母亲。显然,约克公爵夫人向她的儿子和其他人都讲述了理查的艰难降生和他那令人厌恶的身体特征。她反复谈论的话题是她所谓的"苦恼、痛苦和悲伤"(《理查三世》[四开本]第四幕第四场156行),她在把他带到这个世界上的过程中都经历过这些,那些胆大妄言或走投无路的人把这个话题当作谴责理查的一个由头。"你妈生你的时候比一般产妇吃了更大的苦,"不幸的亨利六世提醒抓获他的理查,"可是生下的孩子比任何孩子更使做娘的失望/你生来奇形怪状。"(《亨利六世》下篇第五幕第六场49~51行)当被俘虏的国王接着说到牙齿的时候——"你一下地就满口生牙/可见你生来就要吃人"——理查听够了。他大喊"我不要听了",接着就刺死了他的王室囚徒(第五幕第六场53~57行)。

当他周围的人逐渐意识到时,理查的思想已经出了严重的问题,甚至他也承认了自己内心的混乱,即便只是向他自己。为了解释他的道德和心理缺陷,同时代的人指出了他的身体缺陷:扭曲的脊柱,当时的人们称之为驼背(我们现在将其诊断为严重的脊柱后凸)。对他们来说,这就好像上天在外形上对他做了标记,以表示他的内在状态。理查表示认同:"老天爷既然把我的身体造得这样丑陋，就请阎王爷索性把我的心思也变得邪恶。"（第五幕第六场 78~79 行）他在自己身上感受不到任何普通的人类情感。他说："我本是个无情无义、无所忌惮的人。"（第五幕第六场 68 行）他有意识地让他的心灵与被世人看作污点的身体上的扭曲相匹配。

莎士比亚并没有否定当时大众的文化信仰，即身体畸形意味着道德畸形；他允许他的观众抱有这样一种观念，即一个更高的力量，无论是自然还是上帝，已经在恶棍身上留下了其内心邪恶的明显迹象。理查的身体畸形是他邪恶的一种超自然的征兆或象征。但与主流文化相反，莎士比亚坚持认为这个看法的反面也是正确的：理查的畸形——或者，更确切地说，是社会对他残疾的反应——是造成他精神病症的重要原因。事出必有因。当然，这并不是说所有脊椎扭曲的人都会成为狡猾的杀人犯。然而，莎士比亚确实认为，如果一个孩子不被他的母亲爱抚，被他的同龄人嘲笑，并被迫把自己视为怪物，他就会发展出某种补偿性的心理策略，其中一些是破坏性和自我毁灭性的。

理查注意到他哥哥爱德华追求一个迷人的女人。这显然是他以前就见识过的场面——他哥哥是个臭名昭著的花花公子——这场面也引起了他痛苦的思索："我在娘胎里就和爱情绝了缘。"为了确保他与爱情永无瓜葛，爱神与自然一同算计了他：

> 使我的一只胳膊萎缩得像根枯枝，
> 让我的脊背高高隆起，
> 那种畸形弄得我全身都不舒展；

我的两条腿一长一短，

身上的每一部分都不匀称。（《亨利六世》下篇第三幕第二场 153～160 行）

58 他认为，想象自己能在爱情上获得成功，这对他来说是荒谬的，因为没有人会爱他的身体。因此，指望"在女人身上建立我的天堂"（第三幕第二场 148 行）来获得生活上的快乐是不现实的。但他有办法来弥补这一痛苦的损失：他可以用所有精力去欺凌那些拥有他所缺乏的天赋的人。

理查是约克公爵最小的儿子，也是时任国王爱德华四世的弟弟，他的社会地位接近最高层。他知道，人们在他背后会拿他开玩笑，说他是"癞蛤蟆"和"野猪"，但他也知道，他出身高贵，所以对地位比自己低的人几乎有无限的权威。他把傲慢、暴力倾向和贵族不受惩罚的意识与这种权威联系在一起。当他发号施令时，他希望能立即得到执行。理查遇到了一支抬着棺具的队伍，里面装有被他杀死的国王。他专横地命令抬棺具的绅士和他们的武装随从停下来，把棺柩放下。这些人一开始拒绝，他就辱骂他们是"混账家伙"和"无礼的狗东西奴才"，并威胁杀死他们（《理查三世》第一幕第二场 36～42 行）。正是他的社会地位和他运用这种地位的决心使这些人在他面前颤抖和服从。

59 统御他人有助于支撑孤独的理查受伤的个人形象，抵御被拒绝的痛苦，保持他的自信。对他来说，他的身体仿佛不断地嘲笑他，同时也被别人嘲笑。他的身体难以保持平衡，如他所说，"显得七高八低"（《亨利六世》下篇第三幕第二场 161 行）。行使权力，尤其是那种让他人失去平衡的权力，会减少他自己混乱失衡的感觉,至少他希望如此。尽管命令人们做他想让他们做的事情令他愉快,但这不是他唯一的目的;使他们颤抖、踉跄或倒下更是一种特殊的乐趣。

正如莎士比亚的戏剧所描述的那样,理查对自己的身体缺陷、心理倾向和首要的政治目标之间的联系有着惊人的了解:

> 既然我在这个世界上找不到欢乐,而我又想凌驾于容貌胜似我的人们之上,我就不能不把幸福寄托在我所梦想的王冠上面。(第三幕第二场 165~168 行)

虽说他的看法十分丑恶,但他的自我认知异常清晰。他知道自己的感受,知道自己欠缺什么,需要什么(或者至少渴望拥有什么)来体验快乐。绝对权力——对每个人发号施令的权力——是这种快乐的最高形式;事实上,没有什么比这种天堂般的滋味更能满足他了。他宣称,他会"把世界看得如同地狱一般/直到我把这灿烂的王冠/戴到我这丑陋的躯体上端的头颅上去"(第三幕第二场 169~171 行)。

理查很清楚,他只是在一厢情愿的幻想中游荡而已。他的兄长爱德华国王有两个儿子,他们是王位的顺位继承人;如果他们都没有机会活下来,还有他的哥哥克莱伦斯公爵乔治。理查与他所渴望的王位之间存在着巨大的鸿沟。他说:

> 我对于王位的企图只怕是一场梦,
> 好似站在高岗上的人,瞭望遥远的海洋对岸,
> 恨不能在那边徜徉闲步,可是对岸可望而不可即,

> 只能埋怨那从中阻隔的海洋,
> 立志要将海水排干,
> 开辟一条直达对岸的大道。(《亨利六世》下篇第三幕第二场 134～139 行)

这个扭曲的男人梦想有一天他有力量欺压所有人,以此来补偿他不被人喜爱的畸形身体,这样的情绪几乎可以说是绝望而又可悲的。他懊恼地承认自己就像一个"迷失在荆棘丛中"的人,被荆棘刺伤,在痛苦中挣扎着寻找广阔的空间。

在这种情况下,理查拥有的主要武器,就是他的野心之荒谬。没有一个头脑正常的人会想到他真的想要登上王位。他相信自己掌握了一项特殊的技能,就他的情况而言,这项技能必不可少:高超的骗术。他沾沾自喜地说:

> 我有本领装出笑容,一面笑着,一面动手杀人,
> 我对着使我痛心的事情,口里却说"满意",
> 我能用虚伪的眼泪沾濡我的面颊,
> 我在任何不同的场合都能扮出一副虚假的嘴脸。(第三幕第二场 182～185 行)

61 他具备一个骗子所需的装腔作势的才能。

在《理查三世》精彩的开场独白中,理查提醒观众三部曲是如何收尾的:"现在我们严冬般的宿怨/已被约克之子化为融融的夏景。"(《理查三世》第一幕第一场 1～2 行)然后,莎士比亚重新打开了观察理查的窗口。英格兰终于迎来了和平,但对扭曲的葛罗斯特公爵来说,却没有和平可言。其他人

都可以转而追求快乐,

> 可是我呢。天生一副畸形陋相,不适于调情弄爱,
> 也无从对着含情的明镜去讨取宠幸;
> 我比不上爱神的风采,
> 怎能凭空在婀娜的仙姑面前昂首阔步;
> 我既被卸除了一切匀称的身段模样,
> 欺人的造物者又骗去了我的仪容,
> 使得我残缺不全,不等我生长成形,
> 便把我抛进这喘息的人间,
> 加上我如此跛蹩,满叫人看不顺眼,
> 甚至路旁的狗见我停下也要狂吠几声;
> 说实话,我在这软绵绵的歌舞升平的年代,
> 却找不到半点赏心乐事以消磨岁月。(第一幕第一场 14~25行)

"使得我残缺不全,不等我生长成形/便把我抛进这喘息的人间",理查不想成为一个情人,相反,他会不择手段地追求权力。

莎士比亚并不认为补偿性的心理机制——权力作为性快感的替代品——可以完全解释暴君的心理。但他坚持的基本信念是,对专制权力的欲望与受挫的性心理之间存在着重要的关系。他也坚信,一个人的自我形象所受到的创伤和持久的损害可以追溯到他早年的经历——小时候害怕自己长得丑,或者其他孩子对他残酷的嘲笑,甚至更早的时候,看护和接生婆的反应。他认为最重要的是,一个母亲的失职或不能爱她的孩子可

能会造成无法弥补的伤害。理查对背弃他的爱神和使他的手臂萎缩得像根枯枝的大自然的愤怒，是他对母亲愤怒的间接表达。

《理查三世》是莎士比亚为数不多的描写母子关系的戏剧之一。更多的时候，故事情节都是围绕着孩子和他们的父亲展开的——《仲夏夜之梦》中的伊吉斯（Egeus）、《亨利四世》上下篇中的亨利四世、《无事生非》中的里奥那托（Leonato）、《奥瑟罗》中的勃拉班修（Brabantio）、《李尔王》中的李尔王和葛罗斯特（Gloucester）、《暴风雨》中的普洛斯彼罗（Prospero），等等——对那些把孩子带到这个世界上的女性却几乎没有任何描述。《亨利六世》三部曲成功地以约克的四个儿子——爱德华、乔治、鲁特兰和理查——为主角，而没有重点介绍他们的母亲。这部戏强调的不是个人或家庭，而是陷入内战的国家。然而，当莎士比亚把注意力集中在暴君这个人物时——那些驱使其走向毁灭的内心的痛苦、混乱和暴力——他就需要探究母亲和孩子之间的关系中存在的一些问题。

理查的母亲，约克公爵夫人，在《理查三世》中第一次亮相时就清楚地表明，她认为自己的儿子是一个怪物。她有充分的理由这么想。她虽不知道细节，但她怀疑杀害她的儿子乔治的是理查，而不是她生病的大儿子爱德华。理查对乔治的孤儿，也就是自己的侄女和侄子，表示了极大的同情和爱怜，但公爵夫人警告他们——被她称为"天真的孩子们"——不要相信他说的任何话。"你认为叔叔是做假吗，祖母？"一个孩子问。"是的，孩子。"她简单地回了一句。她表达了两种矛盾的情绪：既感到耻辱，又想否认。她先是承认，随后又推卸了一切责任："他是我的儿子，唉，简直是我的耻辱，他这套骗人的把戏不是我哺育出来的。"(《理查三世》第二幕第二场18、29～30行）当爱德华去世的消息传来，理查成为她四个儿子中唯一的幸存者时，公爵夫人的耻辱感更加强烈了。她痛苦地说："我晚年承欢只落得个欺人的魔影，他丢尽了我的丑，真叫我痛心。"（第二幕第二场53～54行）

理查来拜见母亲，装出孝顺的样子，跪在地上祈求她的祝福。她态度生硬地配合了理查，但很明显，她对自己带到这个世界上的这个怪物感到厌恶。在后面的戏中，她敦促被理查坑害的女性，比如亨利六世的遗孀玛格莱特、爱德华的遗孀伊丽莎白，以及理查不幸的妻子安妮，向理查发泄她们的悲伤和愤怒。她告诉她们："运用我们的恶声，去扼杀我那个该死的儿子。"（第四幕第四场133～134行）当他出现在她们面前时，她首先想到的是用"癞蛤蟆"这个词来描述他那让人反感的外表。她告诉他，如果她在怀孕时就杀死他，她就可以避免他给这个世界和她的生活带来的所有痛苦了。

你来到人世间为我造成了人间地狱。
你一出生，就让我背上了痛苦的重担；
孩提时你暴躁倔强；
入学后你更加凶狠粗野；
血气方刚的时日你胆大妄为；
成年后又变得骄横、险诈、恶毒。（第四幕第四场167～172行）

她宣布永远不再和他说话，最后诅咒他，祈求他去死："你残杀成性，终究必遭残杀。"

母亲的羞耻和厌恶不仅仅是由她儿子的邪恶行为所导致的；她的这种情绪可以一直追溯到故事的开始，在她第一眼看到新生儿，在他暴躁任性的婴儿期就出现了。她对爱德华和乔治都表现出母性的温柔和关怀；而对于畸形的理查，她总感到厌恶和嫌弃。

65　　不出所料，理查的反应是下令吹起喇叭敲起鼓，以淹没她的诅咒。但这部戏成功地暗示了母亲的决绝已经影响到了理查，并给他带来了远不止暴躁和愤怒的影响。这也告诉我们，正是为了回应这种决绝，他才发展出一项贯彻其一生的策略，以使自己的声音被听到、被理解、被接纳。理查具有一种不可思议的能力，在莎士比亚看来，这是暴君一种最具特色的品质：他能够强行进入周围人的思想，不管他人是否愿意。仿佛是为了补偿他所遭受的痛苦，他找到了一种方法，即通过武力或欺骗、暴力或暗示让自己无处不在，无人可挡。没有人能将他拒之门外。

第5章　助力者

理查的恶行几乎人人都看得出来。他冷酷无情、残忍奸诈、无可救药，这都不是什么秘密，人们也没有理由相信他能有效地治理国家。因此，该剧所探讨的问题是，这样一个人究竟是如何登上英国王位的。莎士比亚认为，理查的成功取决于他周围人自我毁灭性的反应，这些反应又灾难般地同时发生。这些反应一同造成了整个国家的集体失败。

有些人真的被理查愚弄了，相信他的说法，相信他的承诺，把他的虚情假意当真。他们无法帮助或阻碍理查的崛起——他们大多是孩子，太无知、太天真，或者根本无力在政治生活中发挥重要作用——所以只能被归入受骗者和受害者之列。

还有一些人在面对欺凌和暴力威胁时感到害怕或无能为力。理查威胁他们："不服从者休想活命。"（《理查三世》第一幕第二场 37 行）面对他的蛮横要求，反对者似乎逐渐退缩了。这是因为他无比富有并享有特权，习惯按自己的方式行事，即使他的方式违反了所有的道德规范。

还有一些人没能牢记理查的内心和他的外表一样扭曲。他们知道他是一个病态的说谎者，也清楚地看到他做过各种可怕的事情，但他们有一种奇怪的健忘倾向，似乎很难记住他到底有多么糟糕。他们倾向于把不正常的东西常态化。

另一群人并未完全忘记理查是个悲惨的畸形儿，但他们仍然相信一切都会以正常的方式继续下去。他们说服自己，王室中总有足够的成年人，就像过去一样，来确保承诺得到遵守，盟约得到信守，基本制度得到尊重。理查明显且出奇地不适合登上至高的权力宝座，以至于他们完全没有把理查放在心上。他们的注意力总是放在别的人身上，直到为时已晚。他们没能敏锐地意识到看似不可能的事情实际上正在发生。他们所依赖的政治结构出乎意料地脆弱。

一群自以为可以利用理查的崛起来为自己牟利的人则组成了一个更险恶的集团。与几乎所有人一样，他们非常清楚地看到理查的破坏力有多大，但他们自信能够在邪恶的浪潮中抢先一步，或设法从中攫取一些利益。这些结盟者和追随者——海司丁斯（Hastings）、凯茨比（Catesby），尤其是勃金汉——帮助他一步步往上爬，与他同流合污，冷漠地看着受害者不断增加。莎士比亚认为，在理查利用这些冷酷的合谋者来达到自己的目的后，他们中的一些人将成为首批倒霉鬼。

最后，还有一群执行理查命令的乌合之众，有些人虽然不情愿，但只为了避免麻烦不得不合作；有些人满怀热情，希望在过程中为自己捞到些好处；还有一些人很享受理查的残酷游戏，津津有味地看着理查的攻击对象（他们通常是社会高层）受到折磨并死去。在莎士比亚的作品中，以及就我对现实生活的了解，有野心的暴君从不缺少这样的帮凶。当然，也许在某个世界，这种情况不会发生。这就是蒙田的朋友艾蒂安·德·拉·波埃西（Étienne de La Boétie）曾经设想的世界，那里的独裁者会因大规模的非暴力不合作而倒台。无论是他想吃草莓还是想杀人，都不会有人为他动弹一下。但莎士比亚似乎把这种原始甘地主义看作不切实际的空想。他认为暴君总能找到心甘情愿的刽子手，用哈姆雷特的话说，"他们本来是自己钻求这件差使的"（《哈姆雷特》第五幕第二场 57 行）。

列出助力者的种类可能会遗漏莎士比亚这位戏剧天才最引人注目的地方：他所擅长的不是建构抽象的范畴，也不是计算共谋的程度，而是对真实的生活经历的生动想象。人们面对着理查的野心给国家带来的严重干扰，费力地试图理清混乱的信息，完全无法确定最终的结果，不得不在有缺陷的选项中做出选择。《理查三世》精彩地描绘了一群男女如何在无法承受的压力下进行焦虑的考量，还要在各种情绪波动不受理性控制的情况下做出决定。正是伟大戏剧的力量将这些困境生动地展现出来。

在阴谋圈之外，有些人尽管可能听说甚至直接目睹了理查的恶行，但仍然愿意为理查担保。这些人发现他们几乎不可能抗拒这个大胆又无耻地一再重复的弥天大谎。年轻人和没有经验的人相对容易成为靶子。在克莱伦斯被谋杀之后，他的儿子被告知，他叔叔理查的悲伤是装出来的。孩子回答说："我想不通。"（《理查三世》第二幕第二场 31~33 行）对于那些无法想象这种背信弃义行为的人来说，"我想不通"像是一句箴言。毕竟，这个失去双亲的小男孩在听到他祖母告诉他的残酷现实后又能做什么呢？

年轻并不是导致致命的轻信的唯一因素。事实上，在那些相信理查的虚情假意的人当中，最让人震惊的并不是一个孩子，而是理查强硬、有经验、深谙政治的哥哥克莱伦斯。莎士比亚的《亨利六世》下篇描述了克莱伦斯在玫瑰战争期间策略性的立场转变。因此，克莱伦斯完全置身于虚伪、背叛和暴力的关系中，原本有无数机会看清自己那个危险的弟弟的一举一动。当克莱伦斯突然被捕并被带到伦敦塔时，为什么他相信理查会帮助他呢？

这个问题的答案让我们明白了为什么本来老练精明的政治人物会被如此明显的恶棍欺骗，从而使理查登上王位这种难以置信的事成为可能。事件以令人目眩的速度发生。理查在开场的独白中透露：

> 我这里已经设下圈套，
> 用尽酒言狂语、毁谤、梦呓，
> 唆使我哥哥克莱伦斯
> 和王上之间结下生死仇恨。（《理查三世》第一幕第一场32～36行）

接着，我们看到克莱伦斯被押到了塔楼。在狱卒的注视下兄弟二人进行了简短的谈话，理查很快表示同情，并暗示这次监禁不是国王的意思——毕竟他是他们的哥哥——而是王后所为。克莱伦斯发现自己陷入了一个可怕而复杂的政治困局，一个很难理清的困局。由于克莱伦斯并没有全力支持爱德华登上王位，他们之间仍然心存芥蒂。王后家族和国王家族之间的权力争夺是完全可以预见的。另外，还要考虑国王的情妇简·肖尔（Jane Shore）具有的特殊影响力。在危机迅速发展的压力下，这名囚犯应该如何解决问题？如果克莱伦斯能想象理查的疯狂计划是杀死挡在他和王位之间的每一个人，一切都会变得清晰，但克莱伦斯没有弄清这个关键点，所以一切都是模糊的。

理查以兄弟团结为诱饵："我们都不很安全哪，克莱伦斯，都不很安全。"（第一幕第一场 70 行）克莱伦斯欣然接受了这一观点，寄希望于家族忠诚这个人类最基本的本能。我们知道，如果他把自己的性命交托给国王、王后或国王的情妇就会安全得多，但在这种纷繁的混乱中，他没有办法看清楚。我们很快了解到，他的内心被负罪感进一步困扰，他清楚地意识到自己过去在道德上做出了妥协。他绝非个例：在莎士比亚的戏剧中，几乎没有道德上完美无缺的人。事实上，每个人都在与关于谎言和背弃的誓言的痛苦记忆做斗争，这些记忆让他们更难发现最大的危险在哪里。

然而，克莱伦斯毕竟对葛罗斯特（他称弟弟理查为葛罗斯特公爵）的致命危险有所了解，问题是这种意识只存在于他的梦中。在伦敦塔的一个极为重要的场景中，这名囚犯从一个痛苦的夜晚断断续续的睡眠中醒来，告诉狱卒自己刚刚做了一个可怕的梦。他回想起，这个梦开始于一个越狱的幻想：

> 我仿佛从塔中脱身出去，
> 上了船正渡海要去勃艮弟
> 我和我弟弟葛罗斯特同路，
> 梦里我见他诱我离开船舱
> 上甲板散步。（第一幕第四场 9~13 行）

就在这时，梦突然变成了噩梦：

> 正当我两人
> 在那令人晕眩的甲板上缓步徐行，
> 似乎葛罗斯特一失足，

我挽住他，他却一手打来，

把我摔下海去，在那滚滚浪涛中反复沉浮。

天哪，天哪！我好像深感淹没在水中之苦。（第一幕第四场 16~21 行）

他几乎全说中了：在潜意识里，克莱伦斯意识到他的兄弟会通过击倒周围的人来使自己安然无恙，甚至会杀了自己。然而，他还是没能认识到理查的恶意或动机。在梦里，这只是一场可怕的意外。

几分钟后，理查雇来的两个暴徒出现在伦敦塔，不是在梦中，而是在现实中。克莱伦斯猜想这两个人是他哥哥爱德华派来的，于是又恢复了对理查的盲目信任。"我请你们去找我的弟弟葛罗斯特，"他对暴徒说，"他一定会为我的生命重赏你们／超过爱德华为我的死亡给的赏金。""你受骗了，"一个暴徒告诉他，"你弟弟葛罗斯特恨死你了。"克莱伦斯拒绝相信这个可怕的事实："呀，不对！他是爱我的，而且待我很亲切。／请你们去找他好了。"杀手带着冷峻的幽默回答说，"对，我们要去的"（第一幕第四场 221~226 行），接着刺倒了克莱伦斯，然后把他溺死在一个酒桶里，之后便急忙跑去找理查要奖赏了。

事后看来，克莱伦斯的梦是一个可怕的预兆，甚至预言了他溺死的细节，但它的意义超出了这种局部的反讽。它揭示了正在崛起的暴政给人带来的影响：它能够直击人的心灵，就像它也能刺穿人的身体一样。在《理查三世》中，梦不是装饰性的文字笔法，也不是对个人心理的匆匆一瞥。梦境至关重要，因为它能够帮助人们认识到一个暴君是具有存在于并成为每个人的噩梦的力量的。暴君有能力让噩梦成真。

只有在梦中,克莱伦斯才能看到他弟弟的真实意图。在清醒的时候,甚至在面对杀手时,他都无法接受他遭到了背叛,背叛他的这个人"和我在路上遇见还痛哭起来,/把我抱在怀里,呜呜咽咽发誓/说他一定尽力救我出去"(第一幕第四场235~237行)。并不是剧中每个人都对隐藏在梦境中的真相如此抵触。凌晨4点,一个信使敲开了海司丁斯勋爵的房门,报告说斯坦莱勋爵(Lord Stanley)做了一个噩梦:"他夜里梦见一只野猪劫走了他的头盔。"(第三幕第二场10行)也就是说,斯坦莱梦见理查砍了他的头。海司丁斯对这种征兆不屑一顾,对使者说道:"告诉他,他的虚惊是没有根据的。至于他的梦,我奇怪他竟这样迂拙/睡眠不安,梦多欺人,怎能相信。"(第三幕第二场24~26行)惊慌失措地逃跑只会引起怀疑:

74

> 野猪赶上来,我们如果在它前面奔跑,
> 正好惹动野性,追赶得更紧,
> 这岂不反招致祸害?(第三幕第二场27~29行)

海司丁斯认为待在原地更安全。结果,恐惧的斯坦莱最终保住了自己的命,而海司丁斯最终被砍了脑袋。

但是,为什么海司丁斯清楚地看到了理查的冷酷无情,却还会让自己掉进陷阱呢?原因在于,雄心勃勃的海司丁斯认为,他可以利用这种冷酷无情,除掉自己在宫廷里的主要对手。他并非不知道潜在的风险,但他相信自己已经做了充分的防范措施,因为他在过去一直为理查效命,也由此培养了身处高位的盟友,一旦局面恶化,盟友可以向他发出警告。他最主要的盟友是"我的好友凯茨比,/只消议到有关我俩的事/我都会知道"(第三幕第二场 21~23 行)。

海司丁斯没有意识到的是,他的好友凯茨比是为了自己的利益行事,现实中可能没有他想象得那么可靠。在接下来的对话中,凯茨比告诉海司丁斯,说他的几个仇敌已经死掉了,以此试探他是否愿意支持理查试图夺取王位。对已故国王的小王子忠心耿耿的海司丁斯断然拒绝,浑然不知他的拒绝决定了他的命运;他一心只想着仇敌的垮台。他预计在接下来的几周里将收获更多的胜利,这些胜利都将源于他与理查的友谊和合作:"凯茨比哪,单看我等不到半个月,/还要乘其不备解决他几个呢。"(第三幕第二场 59~60 行)但是,被解决的人自然是他自己。在一个令人心惊的场景中,理查决定在午饭前就处死他,好像他是什么讨人厌的东西:"砍下他头来!现在,我以圣保罗为誓/我看不到他的头颅落地决不进餐。"(第三幕第四场 75~77 行)

暴君下命令,但他显然不会亲自执行。他的合作者远不止一个拿着斧头的人,在理查下达命令的房间里坐满了有权有势的人。那里坐着做了噩梦的斯坦莱,还有勃金汉公爵、伊里主教(Bishop of Elg)、理查·拉克立夫爵士(Sir Richard Radcliff)、弗朗西斯·洛弗尔爵士(Sir Francis Lovell)、诺福克公爵(Duke of Norfolk)等人。他们都与海司丁斯相识多年,都知道指控他犯了用巫术使理查手臂萎缩的谋逆罪是完全荒谬的,因为理查的手臂出生时就畸形了。有些人,如勃金汉和凯茨比,已经在密谋杀死海司丁斯;拉克立夫和洛弗尔等人则乐于接受暴君的任何命令;还有些人只是松了一口气,因为刀斧没有指向他们。

所有人都必须承担一定的责任,即使那些以为保持沉默就可以不负责任的人。在该剧的前半部分,伦敦塔的卫队长罗伯特·勃莱肯伯雷爵士(Sir Robert Brakenburg)收到了一份书面指示,要求他将囚犯克莱伦斯交给那两个凶狠的家伙。他们的来意一望可知。勃莱肯伯雷十分清楚,他的囚犯没有受到公正的审判,但是,他把钥匙交给凶手,没有提出任何问题或任何抗议。"此中用意我不想多作推敲/因为用意归用意,莫牵连了我。"(第一幕第四场 93~94 行)诸如此类的事多次发生,受人尊敬的人渴望"莫牵连了我",这使暴政成为可能。

一系列的谋杀清除了理查夺取权力的大部分重大障碍,无论是实际的还是潜在的。但令人惊讶的是,莎士比亚并没有把暴君最终登上王位看作暴力的直接结果。相反,这是选举的结果。为了争取民众的支持,理查展开了一场政治运动,其中包括假装出来的宗教虔诚、对反对者的诋毁以及对国家安全威胁的严重夸大。

为什么会有选举呢?莎士比亚忠实于他的资料来源,特别是托马斯·莫尔的《理查三世的历史》(The History of King Richard III),并不是一个充分的解释。莎士比亚只要觉得合适,他随时都可以对素材进行修改和删减。(此剧压缩了现实中发生在很长一段时间内的事件,例如,理查凶残地暗算他的哥哥克莱伦斯〔1478 年〕和他对安妮夫人厚颜无耻的追求巧妙地交叉展开〔1472 年〕,而求爱的场景又被描述为发生在亨利的葬礼上〔1471 年〕。)由于伊丽莎白时代的人生活在世袭——并非选举——君主的政体下,莎士比亚可能有理由淡化或删除这部分故事,哪怕他在莫尔的书中发现了这个故事。但是，他把选举场景放在了该剧的中心。

"市民们"——普通民众——听说国王去世了，已故国王把王位留给他年幼的儿子，由孩子的叔叔们辅佐。对于那些总能找到充分理由对政权更迭感到紧张的人来说，这一切都不是好兆头。有个市民说："国家由一个孩子来治理就糟啦！"（第二幕第三场12行）通常情况下，除了让自己做好准备迎接即将到来的一切变化，一般臣民几乎无能为力。这个市民同样意识到："天空起了云，聪明人就要加衣服。"（第二幕第三场33行）但在当前情况下，他们被迫卷入了一场复杂的政治游戏，在这场游戏中，他们将被要求推翻王位继承顺序，拒绝王子，转而推举理查。

勃金汉在事实上充当了理查的首席战略顾问和竞选经理。在勃金汉的帮助下，理查编造了一个谎言，讲述他们如何挫败了海司丁斯推翻政府的叛国阴谋。只有迅速采取行动，果断处决叛徒，才能挽救国家。理查告诉伦敦市长，在紧急情况下，不可能公开证据，也不可能有任何形式的"法律程序"。当海司丁斯被砍下的头颅被带上来时，勃金汉解释说，要不是"爱国者们"迫不及待地将他斩首，市长本人就会听到这个叛徒坦白自己的罪行，并向市民们证实整个事件的真相了。顺从的市长说："阁下的话，就足够证实了/和我亲眼看见，亲耳听见是一样的。"（第三幕第五场62~63行）

理查和他的追随者为自己有演员的天赋而扬扬得意，他们可以轻松地扮演那些从险恶的阴谋中死里逃生的人。勃金汉夸口道：

嘿，我就会扮演老练的悲剧角色，

> 讲着一句话，回头看看，四下窥视，
> 战战兢兢，草木皆兵，
> 而满腹狐疑。（第三幕第五场 5~8 行）

而且，他们确实很有天赋，能够恰当地传达友好与威胁的多重信息，这是获得市长等市政官员合作所必需的。但很难说这种表演是否真的愚弄了什么人。在与市长的交谈后不久，莎士比亚描写了一个很短的场景，只有十四行，其中写到了一个普通的录事在抱怨他刚刚抄写的一份法律文件。这份文件是对海司丁斯的起诉书，从时间上看，录事很容易就明白了，这些指控是在海司丁斯"还在人世，没有受指控，没有被审，自由自在地满不受管束"时就捏造出来了。整个事件是一个谎言，以掩盖理查非法谋杀政敌的计划。"哪个笨汉／看不出这么明显的诡计？"录事问，"可是谁又有偌大的胆子，敢说一个字？"（第三幕第六场 10~12 行）

那么，这番细节详尽的胡言乱语——包括所谓的叛国阴谋和捏造时间的指控，还有理查假装虔诚，声称不愿统治，谎称孩子没有合法的继承权，以及其他所有的谎言——有什么意义呢？识破这些骗局的不仅是录事。第一次为理查的上位争取公众支持的尝试就失败了：选民拒不服从。勃金汉通报："他们默不作声，／却像闭口的石像，或喘息的石头／彼此呆看着，人人面呈土色。"（第三幕第七场 24~26 行）

尽管这些谎言很难引起民众对理查有力的认同，但它们还是产生了一些效果。持续不断的谎言传播将怀疑论者边缘化，制造了混乱，并抑制了原本可能爆发的抗议活动。无论出于漠不关心，还是出于恐惧，抑或出于灾难性地错信理查和其他王位候选者之间没有真正的区别，结果都是市民并没有反抗。事实上，第二次争取投票的尝试更为成功。勃金汉高呼"理查王万岁！英国的尊君万岁！"时获得了民众的响应"阿门"（第三幕第七场238~239行）。

莎士比亚本人可能也很难确定到底有多少民众支持暴君的崛起。《理查三世》有两个权威版本。四开本是这位剧作家生前出版的一个小号廉价版本，其中只写了市长大人对勃金汉的"理查王万岁"高喊"阿门"（四开本第三幕第七场218~219行）。但在莎士比亚去世七年后出版的对开本中，喊出"阿门"一词的是"全体"（对开本第三幕第七场238~239行）。也就是说，在一个版本中，只有暴君的托儿应声附和；而在另一个版本中，则是整个人群。

这种模棱两可似乎深植于莎士比亚对理查的理解。尽管他很丑陋，但他有什么魅力吗？是否有某个时刻，群众真的支持他，还是一切只是一个阴谋？即使人们看穿了他的谎言，他的谎言在某种程度上却仍然有效吗？这次选举只是几乎从该剧一开始就上演的奇特的走钢丝表演的高潮，最著名的一幕是理查强行追求安妮夫人，她是这个世界上最不可能屈服于他的花言巧语的人。安妮夫人完全有理由恨理查，因为如莎士比亚所写的那样，理查杀死了她年轻的丈夫及其父亲——国王亨利六世。当凶手完全就是站在亨利六世的尸体旁向她求爱时，安妮诅咒他，通过朝他脸上吐口水来表达自己内心的厌恶和仇恨。但在这个场景的最后，她接受了理查的戒指，同意嫁给他。

演员可以用完全不同的方式来演绎这个场景。也许，面对一个怪物，脆弱无助的安妮几乎没有选择的余地。或者，尽管安妮讨厌理查，也害怕他，但她似乎对他有一种奇怪的迷恋，甚至在他们最激烈的交锋中,这种迷恋不由自主地被他唤起了。在他们激烈的反复言语交锋的最后,安妮虽然对他的示爱表示了蔑视,但她发现自己不是在咒骂,而是在沉思:"我倒很想看看你这颗心。"(第一幕第二场 192 行)理查在她离开时沾沾自喜道:"哪有一个女子是这样让人求爱的?/哪有一个女子是这样求到手的?"(第一幕第二场 228~229 行)他接下来说的话既无温情,也无真心。"我要娶了她,"他冷静地谋划,"可是也不要长期留她下来。"(第一幕第二场 230 行)理查没有能力去爱,他很快就会像他承诺的那样把她除掉。但他的权力、财富和十足的厚颜无耻使他能够得到他想要的人,即使是那些讨厌他的人。这对他来说是一种乐趣。

对这个半是强暴、半是诱惑的场面,观众的看法是什么?就演员表现出的除了纯粹的厌恶之外的情绪而言,安妮还表现出理查在大多数观众中引起的那种特殊的兴奋。莎士比亚并不鼓励人们在理性上认同理查的政治目标,但这部剧作确实唤醒了观众中的某种共谋心理,这些人在释放被压抑的暴力冲动、享受剧中随处可见的黑色幽默、公开谈论不可言说之事的过程中获得了快感。"眼里要落石块,傻子才滴傻泪,"理查对他雇来杀害自己兄弟的人说,"我很看得上你们。"(第一幕第三场 352~353 行)

在剧中,理查的崛起得益于他周围的人在不同程度上的共谋。但在剧场中,是我们这些观众看着这一切发生,并被吸引到一种特殊的合作形式中。我们一次次地被恶棍的肆无忌惮吸引,被他对人类正常行为准则的漠视吸引,被看似有效的谎言吸引,尽管没有人相信这些谎言。理查站在舞台上看着我们,他不仅邀请我们分享他幸灾乐祸的轻蔑,还邀请我们亲身体验屈服于我们明知丑恶的东西是什么滋味。

理查以他扬扬自得的邪恶和变态的幽默,吸引了四个多世纪的观众。一则难得从莎士比亚时代流传下来的逸事表明,这种诱惑几乎从剧目上演就出现了。1602 年,伦敦法律系学生约翰·曼宁汉姆(John Manningham)在日记中记录了一段风流韵事:

> 以前,当伯比奇(Burbage)扮演理查三世的时候,有一个市民非常喜欢他,她在看剧之后,约他那天晚上以理查三世之名去找她。莎士比亚听到了他们的交谈,抢在伯比奇之前,按约定的方式受到了那位夫人的"款待"。当有人报信说理查三世就在门口时,莎士比亚让来人回话,征服者威廉在理查三世之前捷足先登了。①

就像大多数名人逸事一样,这个故事可能更多透漏了关于那些传播者的信息,而不是它所描述的那些人。但这至少表明,理查·伯比奇,这位第一个扮演理查三世(以及罗密欧和哈姆雷特等角色)的著名演员,并没有因为这个邪恶角色而失去所有的魅力。

从一开始,这部戏剧似乎就引起了人们极大的兴趣:1592 年或 1593 年首次上演的《理查三世》在莎士比亚生前以四开本形式至少出版了五次。剧中这个恶棍——这条"打了鬼印、流产下来的掘土猪"(第一幕第三场 227 行),这只"口喷毒液的驼背蟾"(第一幕第三场 245 行),这个丧心病狂的坏蛋,

---

① Manningham (1602), Chambers, *William Shakespeare*, 2: 212.

如他自己所说"残缺不全,不等我生长成形"便被抛入世界——对于一代代演员、戏迷和读者来说,显得古怪而又极具吸引力。我们内心的某种东西享受着他在可怕的权力之路上每一步的攀升。

第 6 章　暴政的胜利

尽管暴君掌握权力是一场灾难，但它也带有一丝喜剧色彩。那些被他排挤和践踏的人，在很大程度上也是有道德缺陷、愤世嫉俗或腐败的。虽然他们的命运很悲惨，但看到他们得到报应让人心生满足，而当我们看到诡计多端的人气势汹汹地运用阴谋和背叛最终让自己登上顶峰时，我们似乎也度过了一个道德假期。

但是，当理查在莎士比亚戏剧第三幕的结尾达到了他的人生目标时，观众的笑声很快就停了下来。他的成功给观众带来的乐趣在很大程度上源于其不可能性。而现在，观众发现，理查想永远立于不败之地原来是一种荒唐的幻想。尽管理查似乎是个邪恶力量创造的奇迹，但他远远没有做好充分准备来整合运作一个国家。

暴君的胜利建立在谎言和虚假承诺的基础上，这些谎言和虚假承诺的目的在于暴力消灭对手。让他登上王位的诡计很难构成王国的愿景，他也没有召集顾问来帮助他制订一个计划。他可以指望——至少就目前而言——像伦敦市长那样易受暗示的官员和像书记官那样受惊吓的文员的默许。但这个新晋统治者既没有行政能力，也没有外交技巧，他的随从中没有人能弥补他的明显缺陷。他自己的母亲瞧不起他。他的妻子安妮对他又怕又恨。像凯茨比和拉克立夫这样玩世不恭的执行者几乎不具备政治家的才能。尽管他们的社会地位较高，但他们与理查雇佣的那些为所欲为的流氓没什么不同。作为一名谨慎的顾问，斯坦莱勋爵似乎更有说服力——剧中他违心地传达了国王的意愿——但正如他早先的噩梦所示，他长期以来一直害怕理查这头"野猪"，因此很难指望他能成为新生政权的关键人物。他已经在私下与现政权的死敌取得了联系。

最有可能帮助维持理查统治的理想人选是他的长期盟友、亲戚和犯罪伙伴——勃金汉公爵。这位精明的公爵是理查的政治活动得以取得成功的主要力量，并帮助他消灭了一系列真实或想象中的政敌。刚登上王位的暴君对勃金汉说："由于你的高见和辅佐，理查王得以升此高位。"(《理查三世》第四幕第二场3~4行）然而，承认受益是要求进一步出谋划策和襄助的前奏。

尽管理查已经小心地屏退了其他人，但他起初对自己想要什么还是有些含糊其词。他说"小爱德华还在"——他指的是已故的爱德华国王的继承人，这位王子和他的弟弟一起被关押在伦敦塔——"你猜我要讲什么"（第四幕第二场10行）。但勃金汉不想玩猜谜游戏，尽管谜底不难猜出。理查越来越恼怒，不得不把自己的意思说清楚：

> 贤弟，你一向并不如此迟钝。
> 要我直说吗？我要那私生子死，
> 我还要让这件事马上办到。
> 你怎么说？快讲，简单明了。（第四幕第二场17~20行）

勃金汉的回答简洁明了——"殿下要怎样就怎样好了"——但这个回答仍然没给这个暴君他想要的东西。他再次被迫更直接地提出这个问题："我要他们死,你同意不同意?"在溜出房间之前,勃金汉再次含糊地回应说:"让我喘一口气,等一会儿,好大人,/我还没能对此做出决定。"(第四幕第二场21~24行)

理查并没有要求勃金汉亲手杀死这两个孩子,他知道他能够而且很容易就找到合适的凶手。勃金汉说得对,理查不需要任何人的许可。这个暴君要求他的主要盟友"同意",不是想得到盟友的允许,而是要求自己的盟友和自己串通一气。在他初登大位的这个关键时刻,他想要也需要得到他的同伙的忠诚,而这种忠诚最好的保证就是让勃金汉成为一桩可怕罪行的同谋。虽然勃金汉亲自建议杀死孩子会更好——因此理查一开始很勉强——但同伙的简单"同意"就足以作为保证。勃金汉却闪烁其词,这让理查很恼火。"国王发怒了,"一直在远处观望的凯茨比说,"看哪,他把嘴唇咬得好紧。"(第四幕第二场27行)

简短的交谈体现了莎士比亚所设想的暴君统治的几个关键特征。暴君几乎总是处于不满足的状态。诚然,他已经获得了他所渴望的地位,但使他能够做到这一点的技能与成功治理国家所需的技能完全不同。他所能想象到的一切快乐都会变成沮丧、愤怒和让人痛苦的恐惧。此外,拥有权力从来不是安全的。为了巩固自己的地位,暴君总有更多的事要做,因为他通过犯罪行为达到了自己的目的,所以进一步的犯罪行为就难以避免。暴君痴迷于他的小圈子里的忠诚,但他永远不能完全相信自己拥有这种忠诚。只有像他自己这样自私自利的流氓才会

第6章 暴政的胜利

为他效劳。无论如何,他对真挚的忠诚或冷静、独立的判断不感兴趣。相反,他需要的是奉承、认同和服从。

莎士比亚笔下的裘力斯·凯撒曾说过一句名言:"那个凯歇斯有一张消瘦憔悴的脸,他用心思太多;这种人是危险的。"(《裘力斯·凯撒》第一幕第二场 194～195 行)安东尼试图安慰他——"他没有什么危险"——但凯撒并不信服:"他读过许多书,/他的眼光很厉害,/能够窥测他人的行动。"(第一幕第二场 196、201～203 行)这些品质并不是凯撒这样的人想要的:"我要那些身体长得胖胖的,/头发梳得光光的,夜里睡得好好的人。"(第一幕第二场 192～193 行)

站在世界之巅的理查得出了同样的结论:"有些鼓起眼珠"——或者说,洞察一切的"眼神"——"看透我心迹的人是要不得的"(《理查三世》第四幕第二场 29～30 行)。他觉得,勃金汉"竟而慎重起来了"(第四幕第二场 31 行),而慎重是潜在的危险。在他稍做思考后,勃金汉回来了,理查挥手让他别说了,他不再关心是否能得到这位公爵的"同意"。当他的老盟友一再要求他兑现先前应允的回报时,理查断然拒绝:"我真麻烦,我此刻心情不对头"(第四幕第二场 99 行)。在参与了对其他人的众多诱捕和背叛之后,勃金汉很清楚地看到了不祥之兆,并决定逃命。他的努力是徒劳的,他最终将被抓获并处死。

现在,理查已经决定不能再冒险与他以前的知己分享他的秘密,他不得不自己做出关键的决定。正如他所说:"一切不利于我的希望的火苗都得扑灭。"(第四幕第二场 59 行)暴君实际上是希望的敌人。他找到一个"满怀不平的人",这家伙运气不佳,为了得到"金子"愿意做任何事情,理查安排他来杀害那两个小王子（第四幕第二场36~39行）。他们的死将导致已故国王爱德华的继承人只剩下一个，即爱德华年轻的女儿，理查谋划着娶了她以巩固他脆弱的权威。"杀掉她两个兄弟，娶她过来！"他如此打算，"莫非是如意算盘。"（第四幕第二场62~63行）也许并不如意，但正如他对自己所说，如果不这样做，"我的王业就摇摇欲坠了"（第四幕第二场61行）。当然，他已经结婚了，但他指示凯茨比开始对外谣传王后安妮病了。就连一向奉命行事的凯茨比也犹豫了一会儿。理查失去耐心，怒气冲冲："看你在做梦哪！我再说一遍，/放消息出去说王后病了，可能会死。"（第四幕第二场56~57行）

在莎士比亚看来，缺乏耐心是另一种特质，它不可避免地标志着暴君对权力的体验。他希望在他表达出自己的意愿之前人们就会去执行。事态不断发生变化，其中大多数令人震惊，时间不再是他的朋友。延迟是危险的；每件事都那么匆忙，几乎没有时间去思考。理查一向冷酷高效，现在却开始显得心烦意乱，就像在与他的两个主要同伙的这场匆忙交谈中所表现的一样：

理查王：派一名脚步轻快的弟兄去见诺福克公爵；
　　　　拉克立夫、你自己或是凯茨比，他在哪儿？
凯茨比：在此，我的好大人。
理查王：凯茨比，飞速去见公爵。
凯茨比：是，我的大人。
理查王：拉克立夫，过来。快去萨立斯伯雷；
　　　　你到那儿——（对凯茨比）
　　　　做事不经心的笨蛋，

为什么你还待着不去见公爵？

凯茨比：首先，陛下，请陛下示下，
派我去见他讲些什么？

理查王：呵！忠实的凯茨比，
叫他马上尽他所能集结最有力的军队，
来萨立斯伯雷紧急会师。（第四幕第四场 440～451行）

过后，他对拉克立夫表现了同样的不耐烦和无能为力，但令人不安的消息还是源源不断地向他涌来。有人看见一支入侵舰队驶离海岸。一个使者报告说，有个实力强大的贵族正在该国某地集结力量反对他；又有消息说另一个敌人正在别处集结军队。在挫败感中，理查掌掴了第三个前来报信的使者，认为他带来的也是坏消息。"吃我这一掌，"国王吼道，"没有好消息不准来。"（第四幕第四场508行）但这个使者带来的正是好消息。即便是一个四面楚歌的暴君，也会偶尔得到喘息的机会。

在这一切发生的同时，理查继续计划迎娶他年轻的侄女。在这个过程中，莎士比亚揭示了暴君的另一个特点：厚颜无耻。虽然他杀了先王遗孀伊丽莎白的两个儿子，但他却极为无耻地向她提议娶她的女儿。他甚至懒得否认他的罪行；相反，他建议通过给她生外孙来弥补她的丧子之痛！

如果我杀害了出自你胎中的后嗣，
我要在你女儿身上繁茂你的血统，
同时传下我的种。（第四幕第四场296～298行）

伊丽莎白的憎恨和厌恶丝毫没有使他感到不安。他只是继续推进他的丑恶计划和他的谎言，自信他能逃脱任何惩罚。"可是你的确杀害了我的孩儿啊。"她说。理查自信的回答使他所提出的病态的要求显得更加无耻：

但我要把他们栽进你女儿的胎房；
在那个香巢中他们得以重庆更生，
他们本身的再现又可为你承欢。（第四幕第四场423～425行）

为了脱身，伊丽莎白同意和女儿谈谈求婚的事，理查确信自己又赢了，就像他早些时候战胜了安妮的仇恨一样。他认为，他可以从任何一个女人那里得到他想要的任何东西，不管她有多么抗拒，而这种想法在他心中激起了一阵对女性的厌恶："温情的傻子，浅薄易变的妇人！"（第四幕第四场431行）但正是在这一点上，绞索开始勒紧这个暴君的脖子。伊丽莎白无意将女儿嫁给理查；她已经在与理查的主要敌人里士满伯爵（Earl of Richmond）联系，他领导的军队将把这个暴君从他窃取的高位上赶下来。

在波士委（Bosworth）战役——这场战役是决定性的，其结果是里士满的胜利和理查的死亡——前夕的一个场景中，莎士比亚让我们看到了暴君的另一个特质：绝对的孤独。与他的追随者凯茨比和拉克立夫在一起，理查德可以部署作战计划和下达命令，但他并不能与他们或任何人交心。他早就知道没有人爱他，也没有人会为他的死去而悲伤。他承认："我即便死去，也没有一个人会来同情我。"（第五幕第三场201行）他又说:"当然,我自己/都找不出一点值得我自己怜惜的东西。"(第五幕第三场202~203行)在梦中,理查因那些被他背叛和杀害的人的鬼魂而困扰。实际上,它们代表着他明显缺失的良知。但是,当他完全清醒、独自一人的时候,他承受着最可怕的重负——自我厌恶。

在莎士比亚职业生涯的早期,他还没有找到一种完全令人信服的方式来表现内心的冲突。因此,他给予理查的独白是一种相对僵硬的内心对话,就像两个争吵的木偶之间的对话:

> 我难道会怕我自己吗?旁边并无别人哪;
> 理查爱理查;那就是说,我就是我。
> 这儿有凶手吗?没有。有,我就是。
> 那就逃命吧。怎么!逃避我自己吗?大有道理,
> 否则我要对自己报复。怎么!自己报复自己吗?
> 呀!我爱我自己。有什么可爱的?
> 为了我自己我曾经做过什么好事吗?
> 呵!没有。呀!我其实恨我自己。(第五幕第三场182~189行)

几年后,莎士比亚就会创造出他赋予勃鲁托斯、哈姆雷特、麦克白和其他人物的那种内在性,也不再使用这里的写作方式。但也许理查简练的语言不仅传达了心理冲突的概念——我爱我自己,我讨厌我自己——也传达了痛苦的空虚。这就好像我们审视这个暴君的内心,就会发现那里几乎什么都没有,只有从来没能生长或繁荣的"自我"的干瘪遗迹一样。

2012年，在英国中部城市莱斯特（Leicester）修建停车场的工人挖出了一口腐烂的棺材，里面有一具人体骨骼。经过放射性碳年代测定法检测，并结合对约克家族已知现代后裔的基因研究，科研人员揭示了这具尸体是理查三世。媒体的关注如潮水般涌来。来自七个国家的一百四十名注册记者和摄像师聚集在莱斯特大学参加新闻发布会，然后被庄重地领进一个房间。在那里，四张图书馆的桌子摆放在一起，上面盖着一张黑色天鹅绒桌布，桌布上陈列着英王理查三世的遗骨，他1483年登上王位，两年后，战死沙场，时年三十二岁。

在莎士比亚的戏剧中，理查的马死在他身下——他大声喊道：“一匹马！一匹马！我的王位换一匹马！”（第五幕第四场7行）——由于找不到新的坐骑，他步行穿越战场，寻找他的敌人里士满。当他们最终相遇时，二人短兵相接，理查被杀。"今天我们战胜了，"里士满宣布，"吃人的野兽已经死了。"（第五幕第五场2行）但在史实中，正如以在建筑工地意外发现的遗骨为证，理查或许另有一种结局。他的头盖骨遭受猛烈的一击，很可能是被戟击碎的，戟是中世纪晚期士兵喜爱的一种特别可怕的双手持杆武器。理查王大概是被人从后面杀死的，他的骨头显示出所谓的"羞辱性损伤"，也就是说，他的臀部和其他地方有刺穿的伤口，这些伤口一定是胜利者在极度厌恶的情况下在他的尸体上造成的。但是，在这些五百多年后才为人所知的证据中，最有趣的或许是理查那弯曲度惊人的脊椎骨。这一身体变形生动地使人联想起那个占据了全世界媒体新闻报道的人物——不是相对次要的历史人物理查，而是莎士比亚创造并在伦敦舞台上释放的那个令人难忘的暴君——理查三世。

第 7 章 煽动者

在完成《理查三世》近十五年后，莎士比亚又回到了他对扭曲的自我的艺术想象中，这个扭曲的自我既是暴君权力的动机，也是暴君权力的负担。从奸诈地暗杀邓肯到其悲惨、绝望的结局，双手沾满了鲜血的麦克白是莎士比亚笔下最著名、最令人难忘的暴君。但在这部剧中，暴君特性中最强的那种孤独、自我厌恶和空虚，与身体的畸形毫无关系。麦克白没有用权力来弥补他在性吸引力方面的不足，也没有难以抑制的怒火，更没有从幼年经历中学会用温暖或虔诚的虚伪面具掩饰自己的真实感情。而且，奇怪的是，他甚至没有很强烈的成为国王的欲望。

与理查不同的是，麦克白并没有跨越所有障碍、获得绝对权力的长远梦想。三女巫诡异的问候——"万福，麦克白，未来的君王！"（《麦克白》第一幕第三场 51 行）——吓了他一跳，但最初这给他带来的是恐惧的冲击，而不是欲望。因为如果说理查自得于他对道德义务和普通人类情感的冷漠——"再也流不出半滴眼泪了"（《理查三世》第四幕第二场 63 行）——麦克白对这些则是高度敏感的。他是一位坚定可靠的军事领袖，是邓肯王朝的忠实捍卫者。当倒霉的邓肯决定来拜访他时，麦克白虽然被心中唤起的谋逆幻想诱惑，但一想到要背叛驾临自己家的客人，一位他宣誓效忠的统治者，一位因他的服务而给他丰厚回报、堪称楷模的正直地行使权力的统治者，他就感到心惊。

麦克白想：

> 邓肯王秉性仁慈，处理国政，从来没有过失，
> 要是把他杀死了，他的生前美德，
> 将要像天使一样
> 发出喇叭一样清澈的声音，
> 向世人昭告我的弑君重罪；
> "怜悯"像一个赤身裸体在狂风中漂游的婴儿，
> 又像一个御气而行的天婴，
> 将要把这可憎的行为揭露在每一个人的眼中，
> 使眼泪淹没叹息。（第一幕第七场 7~25 行）

这些话只是麦克白对自己说的，而且他深深地感到痛苦，这与理查三世的口吻相去甚远。我们由此进入了一个不同的心理和道德的世界。

想到要杀死一个他宣誓效忠的人，麦克白就毛发悚然，心脏因焦虑而怦怦地跳个不住，他的思想在混乱的旋涡中不停打转。

> 我的思想中不过偶然浮起杀人的妄念，
> 就已经使我全身震撼，
> 心灵在胡思乱想中丧失了作用，
> 把虚无的幻影认为真实。（第一幕第三场 141~144 行）

虽然他是一个无畏的战士，习惯了将敌人"拦腰斩断"，但仅仅想到谋逆就会让他觉得自己快要崩溃了。

谋杀阴谋的真正煽动者不是麦克白，而是他的妻子。她预见到了阻力，因为她很了解她的丈夫，担心他缺乏暴君性格的关键因素。他的天性中"充满了太多的人情的乳臭"（第一幕第五场15行），不能做必须做的事。正是她为她所说的"今晚的大事"（第一幕第五场66行）制订了计划，她去招待王室侍从饮酒作乐。麦克白仍然充满怀疑，犹豫不决。毕竟，邓肯是国王，而麦克白作为东道主，"应该保障他身体的安全，／怎么可能自己持刀行刺？"（第一幕第七场15~16行）

随着关键时刻的临近，他试图取消这个计划——"我们还是不要进行这一件事情吧"（第一幕第七场31行）——全靠他妻子的嘲笑才被说服继续干下去。"难道你把自己沉浸在里面的那种希望／只是醉后的妄想吗？"她问他，"你不敢／让你在行为和勇气上／跟你的欲望一致吗？"（第一幕第七场35~36、39~41行）麦克白试图反驳对他软弱的指责："只要是男子汉做的事，我都敢做。"（第一幕第七场46行）但他妻子把性别这一点说得很清楚。"男子汉就应当敢作敢为，"她告诉他，"要是你敢做一个比你更伟大的人物，／那才更是一个男子汉。"（第一幕第七场49~51行）他被激怒了，决定实施谋杀计划。

麦克白夫人对她丈夫男子气概的嘲讽——嘲笑他没有能力在行动和欲望上保持一致——使莎士比亚在他对暴政的描写中反复暗示的某种东西浮出水面。《麦克白》及其他戏剧表明，暴君受到一系列性焦虑的驱使：一种对证明自己的男子气概的强迫性需要,一种对性无能、对自己不够有吸引力或不够强大的挥之不去的恐惧,还有对失败的担忧。这导致了暴君恃强凌弱的倾向、恶毒的厌女症,以及爆发式的暴力倾向。他们也因此更容易受到他人的奚落的影响,尤其是那些带有潜在或明显性暗示的奚落。

从三个女巫向他打招呼的那一刻起,麦克白就一直是矛盾心理的化身,但他的妻子冷酷地强调,他已经不可挽回地做出了承诺,现在不能退缩。

> 我曾经哺乳过婴孩,
> 知道一个母亲怎样怜爱那吸吮她乳汁的子女;
> 可是我会在他看着我的脸微笑的时候,
> 从他柔嫩的嘴里摘下我的乳头,
> 把他的脑袋砸碎,要是我也像你一样,
> 曾经发誓下这样毒手的话。(第一幕第七场 54~59 行)

随着他自己对谋逆行为的清醒判断渐行渐远,麦克白表达了最后的、绝望的保留意见:"假如我们失败了呢?"但他妻子又用另一个反问来刺激他:

> 我们失败?
> 只要你集中你的全副勇气,
> 我们决不会失败。(第一幕第七场 59~61 行)

麦克白的反应令人吃惊。"愿你所生育的全是男孩子,"他对妻子说,"因为你的无畏的精神,/应该铸造一些刚强的男性。"(第一幕第七场72~74行)由此可见,他实际上接受了妻子赋予他的角色,他的命运就此注定了。他说:"我决心已定。"(第一幕第七场79行)我们目睹了一个暴君的诞生。

一旦谋杀完成,一旦麦克白获得了他妻子敦促他取得的"君临万民的无上权威"(第一幕第五场68行),将他与理查分隔开来的心理和道德鸿沟就开始迅速消失。过去他一想到背叛就胆战心惊,现在却雇用凶手来消灭他最亲密的朋友。他曾经像个"煞星"(第一幕第二场19行),一个完全没有恐惧的人,现在却突然对一切都感到害怕:"那打门的声音是从什么地方来的?/为什么一点点的声音都会吓得我心惊肉跳?"(第二幕第二场60~61行)他曾是个不会掩饰自己想法的人——"您的脸,"他的妻子抱怨说,"正像一本书,/人们可以从那上面读到奇怪的事情"(第一幕第五场60~61行)——现在却陷入了欺骗和谎言之中。

就像理查的谎言一样,没有人完全相信麦克白的伪装。"假装出一副悲哀的脸,"邓肯的大儿子马尔康对他弟弟小声说,"是每个奸人的拿手好戏。"(第二幕第三场33~34行)"我们现在所在的地方,"他弟弟又说,"人们的笑脸里都藏着利刃。"(第二幕第三场126~137行)就像理查王国里那些小心翼翼的幸存者一样,他们都逃命了。

那些留在苏格兰的人复述着麦克白散布的官方故事:邓肯是被他的私人侍卫谋杀的,他的两个儿子现在已经逃走了。侍卫们无法被审问,因为麦克白——按他的说法,出于对被杀国王的"愤激的忠诚"——杀了他们。对于新政权来说,这是一个方便实用的虚构故事,因为它使官方仪式成为可能,并为麦克白的统治披上了合法性的外衣。当旧秩序似乎继续存在时，暴政就更容易得到实施。令人安心的、被一致认可的政权结构现在可能被掏空，仅仅是个装饰，但它仍然存在，以便渴望心理安全感和幸福感的旁观者能够说服自己法治依然得到了维护。

但不管怎样，麦克白的朋友班柯（Banquo）明白发生了什么。三个女巫在荒原上做出怪异预言时他就在场，他也目睹了麦克白的计划逐步完成的过程。"你现在已经如愿以偿了，"他暗自思忖着他的朋友的所作所为，"国王、考特、葛莱密斯，/一切符合女巫们的预言；/你得到这种富贵的手段恐怕不大正当。"（第三幕第一场1~3行）尽管班柯是一个有原则的人，他却既没有说出实情，也没有逃跑。他不像勃金汉那样是阴谋的推动者，但他是麦克白的盟友，而且他没有证据来证明这些怀疑的真实性。此外，预言也牵涉他自己："你虽然不是君王，你的子孙将要君临一国。"（第一幕第三场68行）如果女巫对麦克白的所有预言都被证明是正确的，那么，班柯问自己，难道这"不也会成为对我的启示，/使我对未来发生希望吗？"（第三幕第一场9~10行）

这两个朋友之间的关系变了。麦克白仍然热情地与他交谈，仿佛他们的亲密关系依然如故，但班柯以一种符合礼节的方式回应，承认了国王的地位给他们的友谊带来的改变：

谨遵陛下命令；
我的忠诚
永远接受陛下的使唤。（第三幕第一场15~18行）

至于麦克白，他已经学到了暴君的主要教训：他无法拥有真正的朋友。他看来随意问出的问题——"今天下午你要骑马去吗?"(第三幕第一场18行)——却是谋杀他的这位朋友的前奏。"我对于班柯怀着深切的恐惧",麦克白沉思,然后向凶手们下达指示,敦促他们一定要把班柯的儿子弗里恩斯(Fleance)也杀了。因为他知道,如果弗里恩斯活下来,班柯家族将会产生国王的预言就有可能成真。麦克白痛苦地想到,他玷污了自己的思想和灵魂,只是为了让"班柯的种子登上王座!"(第三幕第一场70行)

暴君的个人耻辱感是莎士比亚在《理查三世》结尾才提出的——"我其实恨我自己,/因为我自己干下了可恨的罪行"(《理查三世》第五幕188~189行);而这种耻辱感从一开始就缠绕着麦克白。伴随着这种玷污了自己心灵的感觉是一种持续的、消耗一切的焦虑——他称之为"没有一刻平静的安息"(第三幕第三场22行)的感觉。他的焦虑集中在班柯身上,仿佛挡在自己和幸福之间的只有班柯一人:"除了他以外,/我什么人都不怕。"(第三幕第一场54~55行)但是麦克白向他妻子透露的这种内心折磨是无法被他雇来杀害他朋友的凶手治愈的。

麦克白夫人知道她丈夫的精神状态威胁着他们夫妻二人。"费尽了一切,结果还是一无所得,"她自忖,

> 我们的目的虽然达到,却一点也不感觉满足,
> 要是用毁灭他人的手段,使自己置身在充满疑虑的欢娱里,
> 那还不如被我们所害的人,倒落得无忧无虑。(第三幕第二场4~7行)

但她到底想要什么？正如她所说，暴政的产生是通过毁灭，通过对人民和整个国家的毁灭来实现的。她似乎认为，他们个人的满足、安全和快乐可以通过这种方式得到，这与她想洗掉因谋杀国王而沾在手上的血时所表现出的极度肤浅是一致的："一点点的水就可以替我们泯除痕迹。"（第二幕第二场70行）

　　丈夫和妻子之间的亲密纽带使他们做出了杀死邓肯的致命决定，并在他们共同实施的行动的毁灭性后果中发挥了作用，这是他们之间唯一的人类纽带。但是，无论麦克白夫人现在对丈夫说什么——"您为什么一个人孤零零的？"，"事情干了就算了"，"必须和颜悦色"——都无法平息他内心的痛苦。面对他的痛苦，她强颜欢笑和接受既成事实的态度显得空洞无用："啊！我头脑里充满了蝎子，亲爱的夫人！"（第三幕第二场35行）而麦克白尽管继续使用莎士比亚笔下已婚夫妇罕见的爱称，但他已不再与妻子分享他的阴暗计划。"是什么事情？"她问起班柯一事。他回答说："你暂时不必知道，最亲爱的宝贝，／等事成以后，你再鼓掌称快吧。"（第三幕第二场44~45行）

　　就在那天晚上，她得到了鼓掌的机会，但一切都错得离谱。凶手回来告诉麦克白，他们虽然杀死了班柯——"他安稳地躺在一条泥沟里，／他的头上刻着二十道伤痕"（第三幕第四场27~28行）——但没能让他的儿子同样"安稳"。麦克白的回答揭示了他特殊的心理状况，更广泛地说，揭示了专制的幻想和负担。当听说弗里恩斯逃走时，他说道：

　　　　我的心病本来可以痊愈，现在它又要发作了，
　　　　我本来可以像大理石一样完美。

像岩石一样坚固，

像空气一样广大自由，

现在我却被恼人的疑虑和恐惧

所包围拘束。（第三幕第四场 22~26 行）

"我本来可以像大理石一样完美"——麦克白渴望拥有一种完美的形式，像石头般坚硬、坚固和无懈可击，或者具有空气一般的普遍性、隐蔽性和无限延伸性。在这两种情况下，梦都是为了逃离人类的处境，他经历的这种处境如同无法忍受的幽闭恐惧症。这种渴望几乎是可怜的，甚至似乎隐藏着一个无法达到的精神层面，直到人们认识到，麦克白希望达到"完美"的手段是双重谋杀，即杀害他的朋友和他的朋友的儿子。

在这里，就像莎士比亚的作品一贯呈现的那样，暴君的行为是由病态的自恋所推动的。他人的生命并不重要；重要的是，他应该以某种方式感到"完美"和"坚固"。他曾对妻子说，让宇宙分崩离析吧，让天地毁灭吧。

为什么我们要在忧虑中进餐，

在每夜使我们惊恐的噩梦的嘲弄中

睡眠呢？（第三幕第二场 17~19 行）

毫无疑问，这些梦真的很可怕，而且尽管这是他自己造成的，我们甚至也可能对他必须忍受噩梦这一点产生一丝同情。但他对任何人、任何事，包括对这个世界本身，都漠不关心，这让人们对他的同情心荡然无存："让一切秩序完全解体。"（第三幕第二场16行）

暴君仅仅摧毁一个能够取代暴君进行腐败统治的道德代表是不够的。他说到班柯：

> 他是个敢作敢为的人，
> 在他无畏的精神上，
> 又加上深沉的智虑，
> 指导他的大勇在确有把握的时机行动。（第三幕第一场 53～54 行）

如果可能的话，他还必须消灭那个人的儿子。暴政不仅想毒害眼前的人，还想毒害未来的几代人，以使暴政永远延续下去。麦克白之所以像理查一样成为杀害孩童的人，并不仅仅是因为情节上的需要。暴君是未来的敌人。

但事实证明，同时消灭未来和过去比暴君想象的要困难得多。弗里恩斯设法逃走了。就像理查在梦中被他杀死的人的鬼魂缠住一样，麦克白在他和妻子举办的王室宴会上也被溅满鲜血的班柯的鬼魂缠住。这个幽灵形象不是暴君被压抑的良心的象征，而是他的心理恶化的象征。麦克白夫人试图像先前那样坚定丈夫的决心。她一边质问丈夫，一边责备他的软弱：

> 你是一个男人吗？
> 啊！要是在冬天的火炉旁，
> 听一个妇人讲述老祖母告诉她的故事，
> 那么这种情绪的冲动、恐惧的伪装
> 倒是合适的。不害羞吗？（第三幕第四场 64～67 行）

但是曾经使她的性别嘲讽如此有力的亲密关系已经被侵蚀,因此麦克白的恐惧只会加剧。那些目睹他疯狂行为、听到他狂言乱语的人都意识到他的精神出现了严重的问题。

晚宴上的客人们面临一个问题,莎士比亚将其描述为专制统治中反复出现、几乎不可避免的问题:旁观者,尤其是那些有特权陪侍国君的人,清楚地看到领导人的精神不稳定。"陛下病了"(第三幕第四场53行),当看出麦克白实际上已经发疯的时候,洛斯(Ross)大胆地说道。但是他们能做什么呢?矛盾的是,麦克白夫人试图掩盖这一问题,她说她的丈夫一直就有这种病:"王上常常这样,/他从小就有这种毛病。"(第三幕第四场54~55行)不管这一发现有多么令人不安,它比精神疾病的发作还好一些,因为它至少证明了麦克白毋庸置疑的能力和坚毅长期以来一直与这种偶尔暴发的病症共存。只有当这种发作有暴露暴君罪行的危险时,麦克白夫人才迅速打发走出席宴会的人们。"立刻散去,晚安!"她对他们说,"大家不必推先让后,/请立刻散了吧。"(第三幕第四场120~122行)她不想让他们再听到一句自证其罪的话。

当夫妻二人最后单独在一起时,她静静地听着他继续咆哮——"流血是免不了,他们说;流血必定引起流血"(第三幕第四场124行)——不再责备或鼓励。他们之间好像有什么东西死掉了。他透露,他有了一个新的怀疑对象——麦克德夫(Macduff),因为这个人拒绝了他的邀请。她用一种异常的事不关己的语气问道:"你有没有差人叫过他?"他回答说,他到处都有密探,现在他打算去拜访三个女巫,看看她们是否能告诉他更多信息。对此,他妻子什么也没说,而他再次显示了暴君可怕的自恋,对此其他所有人都必须让步。"为了我自己的好处,"他直白地说,"只好把一切置之不顾。"(第三幕第四场137～138行)她还是什么也没说,仿佛他是在诉说内心独白,不断复述着他那冷酷的信念——没有回头路可走。"我已经两足深陷血污之中,/要是不再涉血前进,/那么回头的路也是同样使人厌倦的。"(第三幕第四场138～140行)

用"厌倦"这个词来形容麦克白发现自己身处的噩梦是很有说服力的。对道德、政治策略或重要情报的考虑全都消失了,取而代之的只是对需要付出的努力的估算。最好不要停下来思考,而只是凭冲动行事。"我想起一些非常的计谋,/必须不等斟酌就迅速实行。"(第三幕第四场141～142行)只有在这里,麦克白夫人才敢于说出让人唤起他们过去婚姻中亲密关系的话:"一切有生之伦,都少不了睡眠的调剂,可是你还没有好好睡过。"(第三幕第四场143行)她丈夫同意:"来,我们睡去。"这是他们在剧中的最后一次交谈。

这之后的剧情描述了麦克白绝望地寻求安慰和安全的结果:他很轻信,愿意相信三女巫模棱两可和欺骗性的预言,以及在麦克德夫逃往英格兰之后,他做出的难以形容的恶毒决定——下令杀死这位爵士的妻子和孩子。虽然不安全感、过度自信和暴怒是一种奇怪的组合,但它们都在暴君的灵魂中共存。他有仆人和助手,但实际上他很孤独。制度上的限制全都失效了。那些能够让大多数普通人(更不用说国家统治者)避免在半夜送来不合理信息或对每一个疯狂冲动起抑制作用的内部和外部控制机制都不存在了。"从这一刻起,"麦克白宣称,"我心里一想到什么。/便要立刻把它实行。"(第四幕第一场145～146行)

与麦克白共同生活过的那个人已不再是他生活的一部分。在一个著名的梦游场景中,我们看到麦克白夫人与自己内心的恶魔搏斗，而且很能说明问题的是，不是她丈夫看到她疯狂地试图把手洗干净——"去，该死的血迹！"（第五幕第一场 31 行）——而是一个医生和一个服侍她的侍女。当有人告诉麦克白他的妻子已经去世时，麦克白几乎没有反应："她反正要死的；／迟早总会有听到这个消息的一天。"（第五幕第五场 17~18 行）

　　接下来是莎士比亚为了理解暴君写下的最深思熟虑、最犀利的文字。麦克白知道他被人民憎恨，正如马尔康所说，他的名字"使我们切齿腐舌"（第四幕第三场 12 行）。他一开始——在他背叛和杀死邓肯之前——就知道自己并不适合当国王。他身上有地位显赫的所有标志，但这些标志却笨拙地套在他身上，只会让人注意到他不适合。"现在他已经感觉到，"有个贵族议论说，"他的尊号罩在他身上，／就像一个矮小的偷儿穿了一件巨人的衣服一样束手绊脚。"（第五幕第二场 20~22 行）他曾经专注于将王位传给后世子孙的前景——"愿你所生育的全是男孩子"，他对妻子说——但这再也不可能实现了。在他自己的生活中，即使他设法击败他的敌人，现实也已经灰暗至极了。

　　　　凡是老年人所应该享有的
　　　　尊荣、敬爱、服从和一大群的朋友，
　　　　我是没有希望再得到了；
　　　　代替这一切的，只有低声而深刻的诅咒，
　　　　口头上的恭维和一些违心的假话。（第五幕第三场
　　24~28 行）

"口头上的恭维"，那些得到报酬或被迫表扬他的人的空洞赞

扬，是他在位期间希望能获得的所有回报。

在《理查三世》中，莎士比亚想象了这个四面楚歌的暴君在自爱和自恨之间挣扎的画面。而在《麦克白》中，这位剧作家探究了心理的更深层次。背叛、空话和这么多无辜者的流血都是为了什么？很难想象我们这个时代的暴君会有这样的时刻来进行真心地自省。但麦克白毫不畏惧地描述了他以前的种种行为给自己带来的后果：

> 明天，明天，再一个明天，
> 一天接着一天地蹑步前进，
> 直到最后一秒钟的时间，
> 我们所有的昨天，不过替傻子们
> 照亮了到死亡的土壤中去的路。
> 熄灭了吧，熄灭了吧，短促的烛光！
> 人生不过是一个行走的影子，
> 一个在舞台上指手画脚的拙劣的伶人，
> 登场片刻，就在无声无息中悄然退下；
> 它是一个愚人所讲的故事，
> 充满着喧哗和骚动，却找不到一点意义。（第五幕第五场19～28行）

需要着重理解的一点是，如某些荒诞主义的当代戏剧所展现的，这种毁灭性的毫无意义的经历并不是人类存在的境况。这部戏坚持认为这正是暴君的命运，而"暴君"这个词在戏的结尾反复回响。

三个女巫曾经向麦克白保证，除非勃南森林（Birnam

Wood）移动到邓西嫩，不然麦克白不会被击败。这个预言后来被证明只是谎言，绝望的暴君最后独自遇到麦克德夫，后者的妻子和孩子被他杀害。当麦克白一开始拒绝决斗时，他的敌人告诉他："我们可以饶你活命，可是要叫你在众人面前出丑。"（第五幕第七场54行）事实上，对于麦克白来说，麦克德夫所能想象到的对麦克白最卑鄙的羞辱就是让后者举着一个条幅示众。

> 我们要把你的像画在篷帐外面，
> 底下写着，
> "请来看暴君的原型。"（第五幕第七场55～57行）

尽管麦克白"已经饱尝无数的恐怖"，陷入了绝望的深渊，但他认为这种狂欢式的结局是令他无法忍受的羞辱。他没有朋友，没有孩子，孤身一人，除了一条命之外，他别无他求，而那生命，正如他凄凉地对自己说的那样，已经落进了枯死的黄叶里。麦克白接受了决斗，并被对手杀死。麦克德夫举起他砍下的那颗"万恶的头颅"，宣布暴政结束。"无道的虐政从此被推翻了。"（第五幕第七场85行）

第8章　大人物的疯狂

理查三世和麦克白是罪犯,他们通过杀死挡住他们道路的合法统治者来获得权力。但莎士比亚也对一个与暴君有关的隐患感兴趣,引起问题的是那些一开始是合法统治者,却因为受自己不稳定的精神和情绪的影响,最终走向专制行为的人。他们给臣民带来的并最终加诸自身的恐惧,是他们心理情况恶化的后果。他们可能有深谋远虑的顾问和朋友,这些人有自我保护的健全本能和对国家的关心。但对这些人来说,要对抗疯狂所导致的暴政是极其困难的,这既因为它出人意料,也因为他们长期的忠诚和信任已经让他们养成了服从的习惯。

在《李尔王》所描绘的英国,年迈的国王开始像一个暴虐的孩子那样肆意妄为,但起初没有人敢说一个不字。他决定退位——"摆脱一切世务的牵萦,/把责任交卸给年轻力壮之人"(《李尔王》第一幕第一场37~38行)——便将臣属家人召集到宫廷,宣布他的"决心",也就是他不可更改的决定。他宣布他将把王国分成三部分,根据他女儿们奉承他的能力,按比例分配给她们:

> 孩子们,在我还没有
> 把我的政权、领土和国事的重任
> 全部放弃以前,告诉我,

你们中间哪一个人最爱我?
我要看看谁最有孝心、最有贤德,
我就给她最大的恩惠。(第一幕第一场 46~51 行)

这种想法是疯狂的,但没有人干预。

观看这场荒唐比赛的人可能什么也不说,因为他们认为这只是一种礼节性仪式,目的是让独裁者在退位之际满足自己的虚荣心。毕竟,其中地位最高的贵族之一葛罗斯特伯爵(Earl of Gloucester)在剧中一开始就说,他已经看到一幅精心绘制的王国划分图。李尔王在位时间很长,此时此刻,每个人可能都已经习惯了这位伟大领袖对人们的歌颂的无限渴望。他们也许心里翻白眼,但还是要围坐在桌子旁边,给他"口头上的恭维",告诉他生活在他的庇荫下是多么幸运,他的成就是多么令他们折服,他们对他的爱"胜过自己的眼睛、整个的空间和广大的自由"(第一幕第一场 54 行)。

但当李尔最喜爱的小女儿考狄利娅(Cordelia)拒绝参与这个令人作呕的游戏时,事态突然变得严峻起来。考狄利娅坚持自己的原则,抗拒父王的命令。"我爱您/只是按照我的名分,"她说,"一分不多,一分不少。"(第一幕第一场 90~91 行)李尔王被激怒了,剥夺了她的继承权并咒骂了她。最后,终于有人公开表达了对李尔行为的反对,但仅仅是势单力薄的肯特伯爵(Earl of Kent)。忠诚的肯特谦恭有礼地开始讲话,但李尔粗暴地打断了他。伯爵于是不顾礼数,直接表达反对意见:

你究竟要怎样,老头儿?

你以为有权有位的人向谄媚者低头，
尽忠守职的臣僚就不敢说话了吗？
君主不顾自己的尊严，干下了愚蠢的事情，
在朝的端人正士只好直言极谏。
保留你的权力，仔细考虑一下你的举措，
收回这种鲁莽灭裂的成命。（第一幕第二场 143～149 行）

宫廷里还有其他应负责的成年人。现场旁观的有国王的两个大女儿——高纳里尔（Goneril）和里根（Regon），以及她们的丈夫奥本尼公爵（Duke of Albang）和康华尔公爵（Duke of Cornwall）。但在他们之中，还有在场的其他人中，也没有一个人反对或发出哪怕是温和的抗议之声。只有肯特伯爵敢把大家都看清楚的事说出来："李尔疯了。"（第一幕第一场 143 行）因为率直，这个讲出真话的人被永远驱逐出王国，否则将被处死。到此，仍然没有其他人站出来说话。

李尔的宫廷面临着一个严重的，甚至可能无法克服的问题。故事发生在遥远的年代，大约是公元前八世纪，英国似乎还没有任何机构或部门——议会、枢密院、委员会、大祭司——来制约或稀释王室权力。虽然国王在他的家人、忠实的王室贵族和他的仆人的簇拥下，可以征求和接受建议，但关键的决策权仍然在他手中，而且是他独有的。当他表达他的意愿时，他希望得到服从。但整个系统都建立在他思维正常的假设上。

即使在拥有多个监管机构的体系中，行政首脑也几乎总是拥有相当大的权力。但当这位首脑的精神状况不适合担任公职时，会发生什么呢？如果他开始做出威胁国家福祉和安全的决定，该怎么办呢？以李尔王为例，这个统治者可能从来都不是情绪稳定或情感成熟的典范。当谈到他冲动地咒骂他的小女儿时，国王的两个冷漠自私的女儿高纳里尔和里根议论说，他的年龄增长只是强化了她们在他身上观察到的品质。"这是他老年的昏悖，"一个说，"可是他向来就是这样喜怒无常。"另一个表示认同："他年轻的时候性子就很暴躁。"（第一幕第一场289~292行）

妹妹考狄利娅被剥夺继承权并没有威胁到高纳里尔和里根。恰恰相反，她们能得到考狄利娅应得的那份王国领土，这符合她们眼前的利益。因此，她们没有试图平息她们父亲的暴怒。但她们知道，他也随时可能迁怒于她们。她们既要对付他根深蒂固的思维习惯——她们所谓的老父亲的"刚愎自用的怪脾气"——又要对付他年老的影响："现在他任性惯了，再加上他老年人刚愎自用的怪脾气，看来我们只好准备受他的气了。"（第一幕第一场292~295行）尤其让她们担心的是他会"突然不悦"（第一幕第一场296行），也就是在肯特被驱逐时她们所目睹的那种行为。让一个靠冲动执政的人来管理国家是极其危险的。

高纳里尔和里根是两个卑鄙的人，只关心她们自己。但她们明白，她们面临着一个严重的问题，并且应该迅速采取措施，即使不是为了保护国家利益，也至少要保护自己的利益。虽然她们的父亲已决定把国家的实际管理权交给她们和她们的丈夫，但他仍保留了一百名武装随从。两个女儿几乎立即行动起来，想要剥夺他对军事力量的控制，以免他做出鲁莽的事。她们先把随从的人数减少到五十人，再减到二十五人，然后继续往下减。"不但用不着二十五个人，就是十个五个也是多余的。"高纳里尔说。里根则说："一个也不需要。"（第二幕第二场442～244行）这一行径很可憎，而且还会变得更加可憎。但是，这种剥夺随从的做法出于这样一种认识，即一个习惯于对人发号施令的冲动的自恋者就不应掌控一支军队，即使军队的规模很小。

当李尔王开始鲁莽行事、自我毁灭时，只有考狄利娅和肯特愿意站出来反对他的残暴行为。他们这样做都是因为他们忠诚于这个被他们的话激怒的人，一个他们真心希望保护的人。随着他们被驱逐和李尔王退位，再也没有什么能阻止这个王国分崩离析了。国王无法无天的心血来潮导致了国家的瓦解，但接过暴君权柄的不是他——他被剥夺了权力，陷入疯狂——而是他邪恶的女儿们。她们丝毫没有表现出对法治的尊重，并且漠视人类尊严的基本准则。

肯特对李尔王的忠诚促使他冒着生命危险，乔装打扮回来为他的主人效命。但要避免国王给自己带来的灾难已经太迟了。肯特已经失去了话语权，考狄利娅则被流放。唯一还能公开说出大家认为发生了什么的人是弄人，一个在社会习俗的允许下，可以说出实话而不会被镇压或惩罚的讽刺艺人，他相当于深夜节目中的喜剧演员。"你还比不上我，"弄人对李尔说，"我是个傻瓜，你简直不是个东西。"（第一幕第四场161行）在由李尔王的女儿们掌控的新政权中，即使是这种有限的言论自由也被禁止了。高纳里尔向她的父亲表明，她再也不能忍受他那个"肆无忌惮的傻瓜"（第一幕第四场168行）的傲慢无礼了，里根也不例外。弄人于是和疯癫的国王一起被赶进狂风暴雨中，浑身发抖，痛苦不堪，戏演到一半时，这个弄人就永远消失了。

第 8 章 大人物的疯狂

李尔王与理查三世及科利奥兰纳斯不同，我们几乎完全不了解他的童年，他的人格障碍的种子可能就埋在那里。我们只看到这样一个人，他早已习惯于随心所欲，不能容忍反对意见。他虽然疯癫，同一个瞎子和一个乞丐坐在一间破屋子里，却还怀有一种自大的妄想："我只要一瞪眼睛，我的臣子就要吓得发抖。"（第四幕第六场 108 行）但是，他的疯狂被来之不易的真理的闪电击中了。"她们像狗一样向我献媚。"他意识到。他现在明白了，每个人都奉承他，称赞他具有成熟的智慧，但实际上他还是一个稚嫩的年轻人。这里我们最接近他自恋的根源了："我说道一声'是'，她们就应一声'是'；我说一声'不'，她们就应一声'不'！"（第四幕第六场 97~100 行）

在这样的成长环境中，没有任何东西能让李尔来把握现实中的家庭、王国，甚至他自己的身体。他是一个虐待孩子的父亲；他是一个分不清诚实的仆人和腐败的恶棍的国王；他是一个连自己人民的需要都无法察觉，更别说解决困难的统治者。在戏的第一部分，当李尔王还在位时，这些民众是完全隐形的。国王好像从来没有费心去理解他们的存在一样。他总是在镜子中看到一个超凡入圣的人，"从头到脚都是君王"（第四幕第六场 108 行）。

因此，当他浑身发冷、发烧发抖，意识到周围全是不断对他撒谎的马屁精时，他真是无比震惊：

当雨点淋湿了我，风吹得我牙齿打颤，当雷声不肯听我的话平静下来，我才发现了她们，嗅出了她们。算了，她们不是心口如一的人；她们把我恭维得天花乱坠；全然是个谎，一发起烧来我就没办法。（第四幕第六场 100~

105行）

"她们把我恭维得天花乱坠。"对一个极端的唯我论者来说，意识到自己和其他人一样受到同样的肉体折磨，这是某种道德上的觉醒。

但是，莎士比亚的戏剧冷静地看待这一粗浅认识的悲剧性代价。李尔王坚持认为他受到了"过于严厉的惩罚"，但他的两个大女儿成了想要杀死他的变态怪物，他也不是没有责任的。对他小女儿的悲惨命运，他当然要负最主要的责任，因为他唾弃了她的正直，不理解她的爱。很明显，他也没能分清高纳里尔的丈夫奥本尼的基本操守和里根的丈夫康华尔的虐待狂性格。他还分裂了自己的王国，却没有意识到两个执政群体之间极有可能发生暴力冲突。

只有当李尔王自己在一场狂风暴雨中游荡时，他才意识到在他统治了几十年的土地上无家可归者的困境。当雨点打在他身上时，他问了一个严峻的问题：

> 衣不蔽体的不幸的人们，无论你们在什么地方，
> 都得忍受着这样无情的暴风雨的袭击，
> 你们头上没有片瓦遮身，腹中饥肠雷动，
> 你们的衣服千疮百孔，
> 怎么抵挡得了这样的气候呢？（第三幕第四场29～33行）

但是，即使他问了这个问题，他也知道自己已经来不及做任何事情来减轻他们的痛苦了："啊，我一向太没有／想到这种事

情了!"(第三幕第四场 33~34 行)他现在的想法——富人应该去切身体验穷人的感受,这样他们就可以和可怜的人分享一些多余的财富——很难构成他曾统治的国家的新的经济蓝图。

促使李尔做出灾难性决定的可怕的自我沉迷并没有因为他身处逆境而消失,它仍然是他感知外部世界的基本原则。当他遇到一个无家可归的乞丐时,他只能想象这个人和他自己的遭遇是一样的:"你把你所有的一切都给了你的两个女儿,所以才到今天这地步吗?"(第三幕第四场 47~48 行)李尔王确信答案一定是这样的,于是开始咒骂这个可怜人忘恩负义的女儿。当乔装后的肯特纠正其错误——"陛下,他没有女儿"——李尔王怒不可遏:"该死的奸贼!他没有不孝的女儿,/怎么会流落到这等不堪的地步?"(第三幕第四场 66~68 行)李尔王此时已经失去了一切,但他仍然有暴君的思想,不会容忍任何分歧——"该死的奸贼!"

在接近剧终时,李尔王至少恢复了部分神志,承认他的行为是愚蠢的,并请求考狄利娅(她已经回到英国为他战斗)的原谅,但他仍然很难使自己从最初导致这场灾难的自我中心主义中解脱出来。在无情的爱德蒙(Edmund)的指挥下,李尔王和考狄利娅一起被俘。女儿要求爱德蒙带他们去见她的姐妹们,李尔王却断然拒绝了:"不,不,不,不!"(第五幕第三场 8 行)他为什么认为他们不应该设法乞求怜悯呢?因为在他辛酸的、不现实的,而且某种程度上极度自私的幻想中,如果他和小女儿一起在监狱里,他最终会得到他原本想要的东西:用他的话说,就是要"在她的殷勤看护之下"终养天年(第一幕第一场 121 行)。他对考狄利娅说:

> 我们两人将要像笼中之鸟一般歌唱,
> 我们就这样生活着,祈祷,唱歌,
> 说些古老的故事,嘲笑
> 那班像金翅蝴蝶般的廷臣,
> 听听那些可怜的人讲些宫廷里的消息;
> 我们也要跟他们一起谈话,
> 谁失败,谁胜利,谁在朝,谁在野,
> 用我们的意见解释各种事情的奥秘,
> 就像我们是上帝的耳目一样。(第五幕第三场 9~17行)

即使考狄利娅认同这样的幻想,甚至觉得它很有吸引力,但她也极为现实地认为这种幻想是不可能实现的。当她被关进监狱,几乎肯定自己会死在那里时,她痛苦地保持沉默。

在莎士比亚职业生涯晚期创作的戏剧《冬天的故事》中,他回到了一个陷入疯狂、开始像暴君一样行事的合法统治者的故事上。在西西里国王里昂提斯(Leontes, King of Sicilia)的例子中,引发冲突的不是老朽者的愤怒,而是一种突然发作的偏执症:他怀疑即将生产的妻子赫米温妮(Hermione)有外遇,怀上的不是他的孩子。他的怀疑落在了他最好的朋友波希米亚国王波力克希尼斯(Polixenes, King of Bohemia)身上,在过去的九个月里,这位国王一直在西西里做客。里昂提斯最初向他的首席大臣卡密罗(Camillo)说起自己的怀疑。卡密罗吓坏了,试图说服国王放弃自己的既定想法。"陛下,这种病态的思想,/您赶快去掉吧,"他劝说,"它是十分危险的。"(《冬天的故事》第一幕第二场 296~298行)里昂提斯坚称他的指控是真实的,当这位大臣再次提出异议时,他勃然大怒:"是真的。你说谎!你说谎!/我说你说谎,卡密罗;我讨厌你。"(第一幕第二场 299~300 行)嫉妒的国王没有提供证据,有的只是他的固执己见。

暴君不需要根据事实或证据来行动。他认为他的指控就足够了。如果他说有人背叛了他,或嘲笑他,或监视他,那一定是真的。反驳他的人不是骗子就是白痴。暴君最不想听的就是不同的意见,即使他表面上是在征求意见。他真正想要的是忠诚,而忠诚并不意味着正直、荣誉或责任,而是立即、毫无保留地确认他的观点,毫不犹豫地执行他的命令。当一个专制、偏执、自恋的统治者与臣子讨论事情并索要忠诚时,国家就处于危险之中了。

因此,当卡密罗未能回应里昂提斯荒谬的怀疑时,里昂提斯狠狠地指责他不诚实、懦弱和疏忽,把他痛斥为"大大的蠢货,没有脑子的奴才,/否则便是个周旋于两可之间的骑墙分子"。这位国王觉得这样做还是不够,他要求他的谋臣表现出绝对的忠诚。里昂提斯想出了一种完美的方法可以做到这一点:他命令卡密罗给波力克希尼斯下毒。

这下,这位谋臣有大麻烦了,他自己也知道。他的主人不仅疯狂,而且极其危险。诚实的劝阻只会激起更多的愤怒,而且卡密罗意识到如果他拒绝按照国王的命令行事,他自己就会被杀。他一度考虑执行这个命令。"我做了这件事,"他想,"便有升官发财的希望。"但卡密罗是个正派人,不是一个趋炎附势的恶棍;这正是他敢于劝阻国王的原因。与此同时,他也根本不想为原则而白白牺牲。因此,他只有一个选择:他警告了波力克希尼斯,到了晚上,他们两人和陪同波力克希尼斯国王进行国事访问的随从匆匆逃离西西里。

逃亡是一种绝望的选择,没有回头路,也不是每个人都能做到的。作为国王的首席大臣,卡密罗有权命令打开城门,而波力克希尼斯的船只已经在港口等候他了。卡密罗不得已放弃了他所有的财产,以及他长期以来所拥有的高度信任,但他显然没有家庭需要担心,而他刚刚救下的统治者将保护和支持他。在这个紧要关头,正如卡密罗所说,最重要的事情是"抓紧时间",离开暴君的控制范围。

但可怜的赫米温妮不可能这样做。在丈夫爆发之前,她完全没有意识到她丈夫一直怀着越来越深的疑心和愤怒窥伺着她。在等待即将到来的分娩的折磨中,她一直照顾她的小儿子迈密勒斯(Mamillius),并与自己的朋友宝丽娜(Paulina)闲聊,还作为女主人亲切地接待她丈夫最好的朋友。正是里昂提斯力劝她帮助他说服已经做客很久的波力克希尼斯继续留在西西里。但她的友好态度被偏执的里昂提斯解读为不忠的证据。当卡密罗试图消除里昂提斯的猜疑时,后者怒气冲冲地说道:

> 难道那样悄声说话不算什么一回事吗?
> 脸贴着脸,鼻子碰着鼻子,
> 嘴唇呷着嘴唇,笑声里夹着一两声叹息,
> 这些百无一失的失贞的表征,
> 都不算什么一回事吗?
> 还有脚踩着脚,躲在角落里呢?(第一幕第二场284~289行)

这些指控中有多少是真的并不重要，关键是这都是里昂提斯认为他所看到的，这足以使他在心中感到妻子有负于他。

波力克希尼斯和卡密罗的逃亡证实了这一信念，强化了里昂提斯被愚弄的感觉。现在他似乎十分肯定，他所信任的卡密罗是波力克希尼斯的同谋，是"他的同党"。他得出结论，认定"他们在阴谋算计我的生命"，并下令逮捕和监禁自己的妻子，以此作为反击。"她是个淫妇。"他如此告诉宫廷里感到震惊的人们。起初，他的侍臣们像卡密罗一样，试图反对这一指控，并将其归咎于某个恶毒的诽谤者："那个造谣生事的人/不会得到好死的。"（第二幕第一场 142~143 行）"请陛下叫娘娘回来吧。"有个臣子劝道。"您应该仔细考虑您做的事，"另一个臣子告诫他，"免得您的聪明正直反而变成了暴虐。"（第二幕第一场 127~129 行）

里昂提斯不会听的。"你们都是死人鼻子，"他对他们说，"冷冰冰地/闻不出味来。"（第二幕第一场 152~153 行）他对他们所观察到的事情不感兴趣，也不需要他们的同意。"我何必跟你们商量？"他轻蔑地问，"我只要照我自己的意思行事就好了。"（第二幕第一场 162~164 行）而"照他的意思"意味着服从他的冲动和一意孤行：

> 我本来不需要征求你们的意见；
> 这件事情怎样判断，利害得失，
> 都是我自己的事。（第二幕第一场 169~171 行）

当然，从宫廷中的众人的角度来看，"这件事情"——指控有人密谋杀害统治者、谋臣逃跑和囚禁王后——并不仅仅是里昂提斯个人的事。但他以暴君的方式,把整个国家叠合进自我之中。他所做的一个让步——他说,这是对"别人思想"的让步——是派使者到神圣的德尔福圣地的阿波罗神庙去请教神谕。朝臣们之中,除了沉默不语的,其他都表示赞同。

在《李尔王》中,一名女性——独裁者的小女儿——采取了果断而公开的措施,拒绝她父亲的专横要求;在《冬天的故事》中也是这样,最激烈地反对暴君的意志的也是一名女性。剧中主要的挑战者不是里昂提斯蒙冤的妻子赫米温妮——尽管她勇敢而有力地为自己辩护——而是赫米温妮的朋友宝丽娜。是她去探望被囚禁的王后,建议王后把刚生下的婴儿送到国王面前,期望以此让他恢复理智。狱吏(完全有理由)担心,如果他让婴儿在没有许可的情况下被带出监狱,他可能会有风险,而宝丽娜充满信心地向他保证:

>你不用担心,长官。
>这孩子是娘胎里的囚人,
>一出了娘胎,按照法律和天理,
>便是一个自由的解放了的人;
>王上的愤怒和她无关,娘娘要是果真有罪,
>那错处也牵连不到小孩的身上。(第二幕第二场59~64行)

在这个短暂而生动的片刻,我们开始了解到所有政权都具有的官僚结构,而当领导人的行为骇人听闻时,这种官僚结构就变得尤为突出。如果程序异常,高层人士——比如身为国王大臣安提哥纳斯的贵族妻子的宝丽娜——就需要站出来承担责

任。"你不用担心,"她再次安慰狱吏,"要是有什么危险,/我可以为你负责。"(第二幕第二场66~67行)

我们马上就会知道,恐惧是有充分理由的。暴君难以入眠,"黑夜白天都得不到休息"(第二幕第三场1行)。里昂提斯的儿子迈密勒斯因为母亲所遭受的指控而悲恸成疾。里昂提斯除了担心儿子,还一直盘算着复仇。波力克希尼斯和卡密罗远在他的控制范围之外——像他说的,"无计可施"——但"那淫妇"在他的手掌之中(第二幕第三场4~6行)。"要是她死了,/用火把她烧了"(第二幕第三场7~8行),他阴郁地沉思着,希望这至少可以让他睡着一会儿。

难怪当宝丽娜抱着孩子来的时候,侍候里昂提斯的贵族告诉她不能进去。但她并没有顺从地离开,而是恳求他们的帮助。"难道你们担心他的无道的暴怒,/更甚于王后的性命吗?"(第二幕第三场27~28行)他们解释说国王一直睡不着,但她反驳道,"我正是来使他安睡的",并指责他们实际上是让国王无法安睡的原因。

> 都是你们这种人,
> 像影子一样在他旁边走来走去,
> 偶然听见他一声叹息就发起急来;
> 都是你们这种人累得他不能安睡。(第二幕第三场33~36行)

她的策略——试图通过强迫国王接纳一个他坚信不是自己亲生的孩子来把他从疯狂中解救出来——非常大胆,但失败了。里昂提斯变得更加愤怒。他命令把那个"野种"烧死,

然后威胁要把宝丽娜也烧死。"我不怕",这位勇敢的女士回答道,还加上了几句莎士比亚作品中最激昂的反抗之言:

> 生起火来的人才是个异教徒,
> 而不是被烧死的人。(第二幕第三场 114~115 行)

暴政的后果是对整个权威结构的颠覆:合法性不再是政权的中心;相反,它属于暴力的受害者。

宝丽娜已经提到过国王的"暴虐倾向",她还直截了当地对他说,"你是个疯子"。但直接称其为暴君统治可是一个非常严重的指控,对此她略有保留。她对他说:

> 我不愿把你叫作暴君,
> 可是你对于你的王后这种残酷的凌辱,
> 只凭着自己的一点毫无根据的想象
> 就随便加以污蔑,
> 不能不说有一点暴君的味道。(第二幕第三场 115~118 行)

就里昂提斯而言,他并不认同这些话。"假如我是个暴君,"他对臣子说,"她还活得了吗?/她要是真知道我是个暴君,/绝不敢这样叫我的。"(第二幕第三场 121~123 行)也许宝丽娜这么说也是一种策略:考虑到里昂提斯的反应,他很难下令烧死她。他只是命令把她带出去。

宝丽娜得以幸免,但里昂提斯的疯狂和他的残暴冲动是不受抑制的。国王怀疑宝丽娜的丈夫安提哥纳斯设法让她把孩子带来给他，于是指责这位大臣是叛徒。为了证明自己没有谋逆之心，安提哥纳斯必须杀死婴儿。里昂提斯命令道：

> 去把她立刻烧死，
> 在这点钟内就来回报，
> 而且一定要拿出证据来，
> 否则你的命和你的财产都要保不住。（第二幕第三场134～137行）

没有法律程序，不尊重文明规范，也毫无情理可言。在一个难以区分怀疑与确定的社会里，忠诚是通过执行暴君的杀人命令得到证明的。

然而，西西里还有一些道德力量。里昂提斯的暴政是他突然陷入无法解释的疯狂的结果；不久前，他还不是一个小丑一样的暴徒，而是一个受人尊敬的、完全合法的统治者。因此，正如卡密罗和宝丽娜所证明的那样，他身边的人不是趋炎附势的人，而是习惯表达自己想法的正派人。虽然他的臣属感到震惊和恐惧，但他们并没有完全沉默，即使是在此刻。"我们一直都是忠心耿耿地侍候着您的，/请您不要以为我们会对您不忠。"（第二幕第三场147～148行）一个臣子说着跪下来，恳求国王改变可怕的命令，别把新生的孩子烧死。里昂提斯勉强同意了，但他命令安提哥纳斯把婴儿带到一个偏远的地方，将其丢弃在荒野，任其受雨淋日晒。

在随后展开的错综复杂的传奇情节中，这一改变的命令产生了重要的后果。它导致了安提哥纳斯的死亡（通过舞台提示"被大熊追下"[第三幕第三场57行]表现出来），以及十六年后里昂提斯的女儿潘狄塔（Perdita）奇迹般地失而复得。但在当时，里昂提斯虽然在大臣的恳求下稍微修改了烧死婴儿的命令，他的行为或意图却几乎没有改变。这也是问题的一部分：一旦国家被一个不稳定的、冲动的、报复心强的暴君控制，普通的制衡机制几乎不起什么作用。暴君对明智的建议充耳不闻，严肃人士的异议被置之不理，直言不讳的抗议似乎只会让事情变得更糟。

里昂提斯认为妻子背叛了他，决心对妻子复仇，于是以谋逆罪审判赫米温妮。"我们这次要尽量避免暴虐，"他宣称，并下令带犯人上来，"因为我们已经按照法律的程序公开进行。"（第三幕第二场4~6行）从公共关系的角度来看，公开的程序似乎比他打算用毒药杀死他最好的朋友更可取，但与莎士比亚同时代的每个人都非常清楚，这样的公开审讯只有一种可能的结果。统治者控制着司法机构，即使他最疯狂的要求也能实现。这是一场装样子的审判，就像亨利八世指挥下的审判那样。

然而，上述二者之间有一个细微但重要的区别：在《冬天的故事》中，被指控谋逆的人并未因精神崩溃而承认虚构的罪行。相反，她怀着尊严和高贵的风度揭露了暴君的所谓"正义"：

> 我所要说的话，
> 不用说要跟控诉我的话相反，
> 而能给我证明的，又只有我自己，
> 因此即使辩白无罪，
> 也没有多大用处。（第三幕第二场20~24行）

尽管如此，她还是表示了她的信念："可是假如天上的神明/监视着人们的行事，/我相信无罪的纯洁/一定可以使伪妄的诬蔑惭愧，/暴虐将会对含忍颤栗。"（第三幕第二场 26~30 行）

"暴政对含忍颤栗"意味着什么？有些形式的反抗，其力量不在于对不公正的反击——这是赫米温妮无论如何都做不到的——而在于忍耐和等待，等待受害者的冤屈得以昭雪，或者压迫者也许会良心发现。在幻觉和自以为是的愤慨的控制下，里昂提斯无法感知这种力量，更不用说为之颤栗了。他不断指控妻子，而这些指控越发荒诞离奇，赫米温妮甚至不再理睬。"您说的话我不懂"（第三幕第二场 78 行），她说"我现在只能献出我的生命"，那就是说，"给你异想天开的噩梦充当牺牲品"（第三幕第二场 79 行）。里昂提斯的反应无意中触及了问题的核心："我的梦完全是你的所作所为。"（第三幕第二场 80 行）如果暴君梦到了欺诈、背叛或不忠，那么他就会认为现实中一定有欺诈、背叛或不忠。

因此，想要打破唯我或自大的幻想几乎是不可能的。使者带着密封的神谕从阿波罗神庙回来，当神谕被打开并在法庭上被宣读时，人们发现其中的信息清晰得异乎寻常：

"赫米温妮洁白无辜；波力克希尼斯德行无缺；卡密罗忠诚不二；里昂提斯是多疑之暴君；无罪之婴孩乃其亲生；倘已失者不能重得，王将绝嗣。"（第三幕第二场 30~33 行）

但即使这样，妒火中烧的暴君的顽固思想依旧没有受到动摇。

"这神谕全然不足凭信",他固执地宣布,然后下令继续进行审判。

只有当消息传来,他的儿子迈密勒斯死于对母亲命运的极度痛苦和恐惧时,里昂提斯才受到了足够沉重的打击,这种打击使他从疯狂中清醒过来。他把儿子的死看作阿波罗对他的不公之举感到愤怒的一个可怕的信号,他希望有所弥补,至少纠正他所造成的一些损害:"我愿意跟波力克希尼斯复合,/向我的王后求恕,召回善良的卡密罗。"(第三幕第四场152~153行)但这并不容易。赫米温妮听到她儿子的死讯后昏了过去,接着,悲痛的宝丽娜则不免话语尖刻起来。早些时候,她尚努力缓和自己刻薄的言辞:"我不愿把你叫作暴君。"现在,她放下所有的克制,严厉质问里昂提斯:"昏君,你有什么酷刑给我预备着?"(第三幕第二场172行)她告诉他,他的暴虐和嫉妒加在一起,不仅让他唆使卡密罗去谋杀波力克希尼斯,不仅试图把年幼的女儿丢弃荒野,不仅导致了他儿子的死亡。现在,所有这些行为导致了他妻子死亡这个"杰作"。

廷臣们震惊于宝丽娜的义正词严,但是创伤使里昂提斯成了一个不同的统治者和不同的人。他接受事实,承认他所造成的可怕的破坏。这部戏并没有让他落得像李尔王那样无家可归、被赶出王宫、在他以前的王国里四处流浪的可悲下场。他仍然是西西里的国王,但他开始了长久的悔恨和自责。十六年过去了——时间老人出场,并让观众认为他在这一漫长的间隔里不知怎么睡着了——故事重新开始。

此时,里昂提斯仍处于最深重的悔悟之中。他的廷臣们敦促他最终原谅自己,再婚,以保证王国后继有人。但事实上,宝丽娜作为他的心理顾问，毫不留情地强迫他面对自己所做的一切，并保持独身。她对他说：

> 要是您和世间的每个女子依次结婚，
> 或者把所有的女子的美点
> 提出来造成一个完美的女性，
> 也抵不上给您害死的那位那样好。（第五幕第一场 13～16 行）

"害死！她是给我害死的！"里昂提斯回答说。"我的确害死了她，"他承认，"可是你这样说，/太使我难过了。"（第五幕第一场 16～18 行）他答应不经宝丽娜的准许决不再婚。

最后，《冬天的故事》设法使国王与他曾失去的女儿团聚，并通过一场令人惊叹的戏剧性的突变，让他与以为已死去的妻子团聚。在宝丽娜寂静的礼拜堂的画廊里，里昂提斯前来观看一尊据说是赫米温妮的雕像。雕像奇迹般地复活了，从基座上走下来，拥抱了她的丈夫和女儿。但是，没有什么能够完全抹去暴政的记忆，没有什么能够弥补十六年的孤独和痛苦，没有什么能够恢复友谊、信任和爱的甜蜜与纯真。当里昂提斯惊讶地再次见到他的妻子时，他首先对她变老的迹象感到震惊："赫米温妮脸上没有那么多的皱纹，/并不像这座雕像那样老啊。"（第五幕第三场 28～29 行）新生活也许会在暴政的岁月过去后重新开始，但这生活将不会和过去一样。在这部剧里，在因暴政而无法复原的所有事物中，最令人心痛的象征是小男孩迈密勒斯，他死于悲伤，并没有在令人眼花缭乱的幸福团聚中神奇地复活。

然而，与莎士比亚的其他戏剧相比，《冬天的故事》给了剧中人重新来过的机会。灾难过后，使这种复兴成为可能的是剧作家最大胆、最难以置信的幻想之一：暴君完全的、真诚的忏悔。而想象这种内在的转变几乎和想象一座雕像活过来一样困难。

第 9 章　衰落与复兴

《冬天的故事》的大团圆结局符合浪漫文学的风格，它用戏谑的笔触有意违反了人们的现实主义预期。莎士比亚和他的观众都很清楚，历史记载中很少有乖戾的专制统治者奇迹般地获得救赎的事例。逃离这种阴暗的设定是这类作品的魅力之一，外加离奇的情节转折和令结局高潮迭起的奇妙的重聚、和解和宽恕。"在这点钟内突然发生有这许多奇事，"剧终前一个侍从议论，"编歌谣的人一定描写不出来。"（《冬天的故事》第五幕第二场 21~23 行）

但是，莎士比亚并没有沉湎于为暴政所带来的困境提供异想天开的解决办法。相反，《冬天的故事》是莎士比亚作品中一部少见的脱离现实主义思维的作品。在他职业生涯的大部分时间，莎士比亚都采用了现实主义的思考方式，并在《冬天的故事》之后再度回到了如何终结暴政这样的噩梦中。他认为，暴君总是有强大的敌人。暴君可以猎杀他们中的一些人；可以强迫别人屈服于他的意志，并给予他麦克白所说的"口头上的恭维"；可以在每家每户安插密探，在黑暗中偷听周围的动静；可以奖励他的追随者，集结他的军队，并举行无穷无尽庆祝他的无数成就的公共活动。但暴君不可能消灭所有恨他的人，因为最终几乎所有人都会恨他。

不管暴君编织的网有多严密，总有人设法躲过一劫，逃到安全的地方。"你不能停留。"罗马将军泰特斯·安德洛尼克斯对他二十五个儿子中唯一的生存者路歇斯（Lucius）说。暴君萨特尼纳斯刚刚屠杀了这位将军的另两个儿子，并纵容了对他女儿的强奸和残害。路歇斯逃到哥特人那里，他召集了一支军队，回来杀死暴君并夺取了权力。"但愿我即位以后，"他最后说，"能够治愈罗马的创伤，拭去她的悲痛的回忆！"（《泰特斯·安德洛尼克斯》第五幕第三场 145~146 行）同样，在《理查三世》中，伊丽莎白王后敦促她的儿子道塞特（Dorset）"渡海过去"，去布列塔尼"投奔里士满"。"走吧，"她恳求，"快走，快离开这个屠宰场。"（《理查三世》第四幕第一场 41~43 行）道塞特的哥哥、舅舅和两个同父异母的弟弟都被暴君杀死，还有无数其他的人也被杀死了，但道塞特成功地投奔里士满，领导军队推翻了那个令人憎恨的暴君。在剧终时，胜利者也做出了类似的誓言，要治愈这个国家的创伤，并祷告道："上帝呀，如蒙您恩许，/愿我两人后裔永享太平，国泰民安，/愿年兆丰登，昌盛无已！"（第五幕第五场 32~34 行）

　　同样，在《麦克白》中，被谋杀的国王的儿子们也意识到了他们面临的迫在眉睫的危险。这可不是礼节性地感谢东道主麦克白夫妇的时候。"我们身陷危境，"一个儿子对另一个低声说，"不可测的命运随时都可能吞噬我们，/还有什么可说道的呢？""所以赶快上马吧，"另一个同意，"让我们不要斤斤于告别的礼貌。"（《麦克白》第二幕第三场 118~119、140~141 行）两名王子偷偷溜走，身负弑君者的恶意指控，为了推翻暴君而活下去。然而，这部戏的结局比《泰特斯·安德洛尼克斯》或《理查三世》都要灰暗。新登大位的苏格兰国王马尔康说，"那些因为逃避暴君的罗网而出亡国外的朋友,/我们必须召唤他们回来",虽然"那个屠夫和他的魔鬼般的王后已经死去,/可是帮助他们杀人行凶的党羽,/我们必须一一搜捕,处以极刑"(第五幕第七场96~99行)。王国将会迎来一场清算。

溜走,离开暴君的控制范围,设法越过边界,与其他流亡者结盟,并随讨伐的军队返回。这是基本策略,不只是文学上的描写:这种策略曾服务于纳粹德国、维希统治下的法国和许多其他地方的抵抗战士。在莎士比亚看来,这种策略并非没有风险。计划的实施可能会出错,像勃金汉公爵的一样,最终以处决而不是逃脱告终。朋友和家人可能会遭殃。暴君可能会把逃跑者所爱的人作为人质,就像理查三世为了确保斯丹莱勋爵的忠诚而抓住他的儿子一样。"你可不要动摇,"他对那位痛苦的父亲说,"否则他的头就保不住了。"(《理查三世》第四幕第四场495~496行)正如麦克德夫所发现的,暴君的拳脚可能会沉重地落在那些没能成功逃脱的无辜的亲人身上。

这种抵抗策略的高昂代价在《李尔王》中得到了最有力的描绘。虽然考狄利娅父亲退位前因为老年昏愦而剥夺了她的继承权,但她决心把父亲从两个邪恶的姐姐,即高纳里尔和里根手中拯救出来,她们和她们的丈夫们统治着这个国家,现在她们正在搜捕这位老人。考狄利娅已嫁给法国国王,并领导一支法国军队回到英国,她宣布她的动机并无私心:"我们出师,并非怀着什么非分的野心,/只有一片真情,热烈的真情,要替我们的老父主持正义。"(《李尔王》第四幕第三场25~26行)她的军队秘密地与王国的重要人物保持联系,这些人对高纳里尔和里根针对老国王的粗暴对待深感震惊,他们也注意到这两姐妹的丈夫——善良但软弱的奥本尼公爵和难以言喻的残酷的康华尔公爵——之间的紧张关系。舞台似乎已经搭好了，只等正义凯旋，这一胜利将堪比里士满对理查或马尔康对麦克白的胜利。

但结果并非如此。相反，出乎所有人的意料，邪恶姐姐们的力量取得了胜利。考狄利娅和她的军队被打败了。被俘后，她和父亲被送进了监狱，而领导英国军队获得胜利的将军爱德蒙则秘密下令将她处死。由于奥本尼软弱无能，而里根的丈夫康华尔已经死去，爱德蒙准备接管王国。作为葛罗斯特伯爵的私生子，爱德蒙并没有合法的王位继承权，但他身上集中了暴君的许多特点。他大胆、有主见、狡诈、虚伪、无情。他为达到自己的目的，先是策划了一个阴谋，导致他的兄弟爱德伽（Edgar）被放逐，然后又背叛了自己的父亲。歹毒的两姐妹为他争风吃醋，他得意扬扬地掂量着自己的选择："我应该选择哪一个呢？/两个都要？只要一个？还是一个都不要？"（第五幕第一场47~48行）

在所有的历史资料中，善良的考狄利娅都是胜利者并继承了王位，但在莎士比亚的剧本中，考狄利娅在监狱中被处死，令人震惊。她是一切正派和正直品质的化身，是将王国从所有残暴和不公中解救出来的希望。她的死留下了一个永远无法完全愈合的伤口。但至少邪恶的胜利是短暂的。里根被嫉妒她的姐姐高纳里尔毒死；爱德蒙在一次战斗中被他意欲谋害的兄弟爱德伽杀死；高纳里尔后来也自杀了。最后，剧中真正邪恶的人没有一个活着享受胜利的果实。

然而，他们的死亡并不能抹去考狄利娅丧生的悲剧，也不能抹去她父亲无法言说的悲伤，她的父亲因为所发生的事情心碎而死：

我可怜的傻瓜给他们缢死了!
不,不,没有命了!
为什么一条狗、一匹马、一只耗子,
都有它们的生命,你却没有一丝呼吸?
你永不回来了,永不,永不,永不,永不!(第五幕
第三场 281~284 行)

莎士比亚坚持认为,暴政所造成的损失是不可弥补的,这一点在这部作品中表达得最为尖锐和迫切。《李尔王》一剧中没有《理查三世》中里士满的骄傲言辞——"今天我们战胜了,吃人的野兽已经死了"(《理查三世》第五幕第五场 2 行),也没有麦克德夫的"瞧。篡贼的万恶的头颅已经取来;/无道的虐政从此被推翻了"(《麦克白》第五幕第七场 84~85 行)。当一位军官来报:"启禀陛下,爱德蒙死了。"奥本尼回应说:"他的死现在不过是一件无足轻重的小事。"(《李尔王》第五幕第三场 271 行)

莎士比亚认为暴君统治的时间不会长久。不管他们在崛起过程中多么狡猾,但一旦掌权,他们都会表现得出人意料地无能。他们对自己统治的国家没有远见,无法形成持久的支撑,尽管他们残忍、暴虐,但他们永远无法粉碎所有的反对派。他们的孤立、猜疑和愤怒,加上傲慢和过分自信,加速了他们的垮台。描写暴政的戏剧不可避免地要以重建社会和恢复合法秩序为结尾,哪怕只是形式上的。

但在《李尔王》中,对所谓"全国举哀"和"损伤的国本"的过分强调,使得莎士比亚很难将这些做做样子的表现搬上舞台。最有可能收拾残局的人是年轻的爱德伽。在这部戏

的一个早期版本中,最后几行台词是留给他的;另一个版本中,为该剧作结的是奥本尼,他具有正面的倾向,但在道德上有所妥协。似乎剧组里的演员都在抢这几句台词,也许莎士比亚本人也不确定该给哪个人物。无论如何,这些台词并不是我们所期望的那样,是政治领导力的体现;相反,它们表现了王国磨难的创伤性后果:

> 不幸的重担不能不肩负;
> 感情是我们唯一的言语。
> 年老的人已经忍受一切,
> 后人只有抚陈迹而叹息。(第五幕第三场 299~302 行)

这是一个人代表受创的王国说出的话语。

在《理查三世》中,反对暴政的主要力量集中在里士满伯爵周围;在《麦克白》中则围绕在国王的儿子马尔康周围。两人都在剧的最后执掌王权。《李尔王》中却没有这样的人物。相反——令人惊讶的是——道德勇气体现在一个非常特别卑微的人物身上,此人处于社会底层,我们永远无法知道他的名字。那是一个仆人,是一群家仆中的一个,他服侍所有那些有钱有势的人物,但他为所看到的东西而感到愤慨。他的主人,也就是里根的丈夫康华尔公爵,正在亲自进行审讯。李尔王退位后,康华尔成为英国的两位统治者之一,他得到了考狄利娅领导的法国人入侵的消息,知道她的目的是让李尔王复位。阻止老国王与考狄利娅的军队会合迫在眉睫,但是康华尔现在已经知道葛罗斯特伯爵与入侵者勾结,并把李尔送到了多佛。

康华尔把葛罗斯特绑在椅子上,然后和妻子开始粗暴地质问葛罗斯特:"为什么送到多佛?……为什么送到多佛?……为什么送到多佛?"(第三幕第七场 50~55 行)由于没有得到想要的答案,他越来越愤怒,让仆人扶着椅子。然后他俯下身来,挖出葛罗斯特的一只眼睛。这一幕令人震惊——剧场里常有观众因此晕倒——但紧接着发生的事情可能会让文艺复兴时期的观众感到更为震惊,尽管他们知道,被怀疑是叛徒的人经常受到酷刑。当邪恶的里根敦促她丈夫挖掉葛罗斯特的另一只眼睛时,突然有人大喊一声:"住手,殿下。"(第三幕第七场72 行)莎士比亚没有采取任何措施来缓和这一突如其来的喊声所带来的震惊。这句话不是葛罗斯特的儿子说的,不是一个高贵的旁观者说的,也不是一个乔装打扮的绅士说的,甚至不是葛罗斯特家里的人说的。这句话是康华尔的一个仆人说的,这个仆人长期以来习惯于执行他的命令。"我从小为您效劳,"他说,"但是只有我现在叫您住手这件事/才算是最好的效劳。"(第三幕第七场 73~74 行)

《李尔王》并没有以任何理论的方式探讨暴政的主题。但它呈现了这样一个令人难忘的时刻:某个为统治者服务的人感到有必要去阻止他目睹的事情。里根对这种干预感到愤怒:"怎么,你这狗东西?"(第三幕第七场 75 行)康华尔同样怒不可遏,他拔出剑来,咆哮道:"混账奴才!"(第三幕第七场78 行)——他用这个词来称呼封建制度下的奴仆。接下来是一场主仆之间的激烈交手,而里根惊讶于一个卑微的人居然敢这样做——"一个奴才也会撒野到这等地步!"——她取剑刺死了他。

描述酷刑的场景在继续,康华尔挖出了葛罗斯特的另一只眼睛。这对令人憎恶的夫妇用莎士比亚作品中最残忍的命令把这个盲人赶出家门——"把他推出门去，/让他一路摸索到多佛去"（第三幕第七场 94~95 行）。康华尔同样残忍地处理了试图阻止他的仆人的尸体："把这奴才/丢在粪堆里。"（第三幕第七场 97~98 行）但这个仆人的死并不是徒劳的。康华尔受了伤，不久后便因此死去。他的死，加上挖出老人双眼这一恶行引发的众怒，大大削弱了高纳里尔、里根和爱德蒙的统治。

莎士比亚不相信平民是反抗暴政的中流砥柱。他认为，他们太容易被口号操纵，被威胁恐吓，或者被小恩小惠收买，不足以成为自由的可靠捍卫者。在他笔下，诛杀暴君者大多来自社会精英，也正是在这些精英中产生了他们反对并最终杀死的不义统治者。然而，在《李尔王》中，莎士比亚塑造了一个代表民众反抗暴君的精神本质的人物——一个无名仆人。这个人拒绝保持沉默和观望。这让他付出了生命的代价，但他也为了人的尊严挺身而出。虽然他是一个只有寥寥几句台词的微不足道的人物，但他却是莎士比亚笔下的伟大英雄之一。

《李尔王》结尾的浩劫以其最极端的形式提出了一个萦绕在莎士比亚对暴政的所有描述之上的问题：机警而勇敢的人如何不止是能逃脱暴君的魔爪，与之斗争并试图推翻他，而是从一开始就阻止他掌权呢？怎样才能阻止灾难的发生呢？在《理查三世》中，怀有深仇大恨的玛格莱特王后像黑暗的复仇女神一样在爱德华国王的宫廷里徘徊，试图警告唯一没有令她痛恨的人提防理查，即勃金汉公爵。

小心那个狗东西：

> 要知道，摇尾的狗会咬人；
> 咬了人，它的牙毒还会叫你痛极而死；
> 莫同他来往，千万留意；
> 罪恶、死亡和地狱都看中了他，
> 地下的大小役吏都在供他使唤。（《理查三世》第一幕第三场 288～293 行）

但公爵没有理会她的警告，反而在理查的崛起过程中成了一个主要的推动者——直到他自己倒在理查的斧头下。

在《李尔王》中，勇敢的肯特伯爵大胆地试图说服他忠心辅佐的国王，想阻止他的疯狂，让他收回对唯一爱他的女儿的诅咒。但面对李尔的愤怒，没有人站在肯特一边，他被放逐，违令将被处死。当肯特为了继续为他的主人服务而乔装打扮时，他完全无法阻止王国灾难性的衰落。如果有什么不同的话，那就是他的争强好斗将进一步激起两个坏女儿的愤怒。整个王国就像老国王自己一样，将陷入疯狂和灾难之中。

在莎士比亚的整个职业生涯中，有一部戏剧探讨了如何系统地、有原则地在暴政开始之前阻止它。《裘力斯·凯撒》一开场就表现了护民官弗勒维斯（Flavius）和马鲁勒斯（Marullus）如何愤怒地试图阻止平民庆祝凯撒战胜庞培。他们清楚地看到，这位将军周围的群众身上体现出的暴民的兴奋情绪有危险的政治后果，于是他们冲上前去撕掉披在凯撒雕像上的装饰物。

> 我们应当趁早剪拔凯撒的羽毛，
> 让他无力高飞；

> 要是他羽毛既长，一飞冲天，
> 我们大家都要在他足下俯伏听命了。(《裘力斯·凯撒》第一幕第一场 71~74 行)

他们的行为并非没有风险。"马鲁勒斯和弗勒维斯"，我们后来得知，"因为撕去了凯撒像上的彩带，被剥夺了发言的权利"（第一幕第二场 278~279 行）。

148　　在该剧的第二场中，罗马元老院精英中的两个关键人物也怀有同样的忧虑。勃鲁托斯（Brutus）在和凯歇斯（Cassius）谈话时，每次听到远处人群的欢呼声都会吓一跳。"这一阵欢呼是什么意思？"他不安地问道，"我怕人民/会选举凯撒做他们的王。"（第一幕第二场 79~80 行）凯歇斯抓住机会表达了自己对凯撒的崇高地位的愤怒和不解：

> 嘿，老兄，他像一个巨人似的
> 跨越这狭隘的世界，我们这些渺小的凡人
> 一个个在他粗大的两腿下行走，
> 四处张望着，替自己寻找不光荣的坟墓。(第一幕第二场 135~138 行)

凯歇斯敦促说，当前的关键是要明白，正在发生的事情并不是某种神秘的、不可避免的命运。"要是我们受制于人，亲爱的勃鲁托斯，/那错处并不在我们的命运，而在我们自己。"（第一幕第二场 140~141 行）这意味着，他在暗示，他们有可能对迫在眉睫的暴政威胁采取行动。

勃鲁托斯本人对这一暗示高度警惕，并对此深思熟虑。他

答应凯歇斯不久后将再和他讨论这个话题。在他们分手前,他们得知当凯撒三次拒绝了安东尼递给他的王冠时,人群中爆发出欢呼声。这种拒绝并没有解决他们担忧的问题。凯斯卡(Casca)报告了元老院计划第二天推举凯撒为王的传言:他们准备允许凯撒在意大利以外的任何地方都可以拥有君主的权力。凯歇斯回应说,他宁愿自杀也不愿生活在这样的统治之下。他认为,结束自己生命的能力将赋予人一种自由:"就在这种地方,神啊,你们使弱者变成最强壮的;/就在这种地方,神啊,你们把暴君打败。"(第一幕第三场 91~92 行)

我们很快就知道,勃鲁托斯也在思考怎样摆脱暴政、维护自由,但他的思想并没有转向自杀。"只有叫他死这一个办法"(第二幕第一场 10 行),他说。他的这句话不是谈话的一部分。他的话甚至没有被台上的任何人听到,他显然已经支走了他的仆人。他这时是深更半夜在花园里独自沉思。上句话中的"这"和"他死"中的"他"都没有明指。我们直接进入了他运转中的大脑,所以没有开场白。

> 只有叫他死这一个办法;
> 我自己对他并没有私怨,
> 只是为了大众利益。他将要戴上王冠;
> 那会不会改变他的性格是一个问题;
> 蝮蛇是在光天化日之下出现的,
> 所以步行的人必须时刻提防。(第二幕第一场 10~15 行)

莎士比亚之前从未写过这样的东西。我们应该怎样理解呢?

勃鲁托斯强调"大众利益"——公共利益——而不是"私怨",但他的长篇独白削弱了一切试图在抽象的政治原则和具体的个人之间划清界限的努力,这些个人有着心理上的独特性、不可预测性,以及仅部分可知而整体不透明的内心。"将要"及"会不会"这些词使思虑显得暧昧,反映了心理的复杂和纠结。引起共鸣的短语"是一个问题"预示了哈姆雷特的名言[1],它像瘴气一样贯穿了勃鲁托斯的整个思路。

古罗马人喜欢把自己看作伟大的行动派,而不是深沉的思考者。他们将征服世界,把哲学研究和神经质的沉思留给古希腊人。然而,在莎士比亚看来,在罗马公共言论的幕后,是那些陷入困境、脆弱、矛盾的人,他们不知道该走哪条路,也不知道他们行为的动机是什么。更大的危险在于他们身处世界舞台之上,他们模糊的私人动机造成了巨大的、潜在的灾难性公共影响。

"这是一个问题",勃鲁托斯说,但他并没有讲清问题是什么。几个不同的问题纠缠在一起并折磨着他。我热爱的,并愿以生命保卫的罗马共和国有多大的危险?凯歇斯想从我这里得到什么?凯撒——他曾三次拒绝别人给的王冠——成为暴君的可能性有多大?预防灾难的最好方法是什么?我与凯撒之间亲密、长期的个人友谊会如何影响我做出的任何决定?仅仅是观察和等待会更有意义吗?

一句民间谚语——"蝮蛇是在光天化日之下出现的"——变成了警示语:"步行的人必须时刻提防"。这两句

---

[1] 即哈姆雷特的著名独白"生存还是毁灭,这是一个值得考虑的问题"(《哈姆雷特》第三幕第一场)。——译者注

话最后都让路给了一句语无伦次、不合语法的感叹——"让他戴上王冠"——仿佛是不请自来的幻想的词句从勃鲁托斯的头脑中自动掠过。于是,他在脑海中继续说着,将自然与社会交织在一起,将目击者的观察与个人的幻想混合在一起,虽不连贯但宿命般地酝酿着一桩暗杀阴谋。为了对这个暗杀阴谋做出合理解释,这个凶手已经在精心构思新闻发言稿似的说辞了。

> 既然我们反对他的理由,
> 不是他现在有什么可以指责的地方,
> 所以就得这样说:照他现在的地位,
> 要是再扩大些权力,一定会引起这样那样的后患。
> (第二幕第一场 28~31 行)

我们正在见证世界上最伟大的历史事件之一:刺杀裘力斯·凯撒。但我们应该从外部和内部来看待这一事件。

《裘力斯·凯撒》中的人物试图根据不同的政治和哲学原则来定义自己。凯歇斯声称他是伊壁鸠鲁的追随者,他相信只有人,而不是神或命运,能对自己的幸福或不幸负责。西塞罗(Cicero)像怀疑论者那样认为:"人们可以照着自己的意思解释一切的原因,/实际却和这些事物本身的目的完全相反。"(第一幕第三场 34~35 行)勃鲁托斯则是一个斯多葛派,对预示和征兆漠不关心。在后面的戏里,尽管他知道他妻子已经死了,但他还是装出一副无知的样子,以显示他完全能自制:"那么再会了,鲍西娅。"(第四幕第三场 189 行)但他的故作镇静已经使这一原理的真实性受到了质疑,而这部戏剧也一再否定了在哲学上看似连贯的东西。

没有一个人物——当然包括凯撒、安东尼或凯歇斯——能代表一个稳定的立场,更不用说一个抽象的观念了。勃鲁托斯最为接近这个标准,在戏剧的最后时刻,安东尼颂扬他是"一个最高贵的罗马人"(第五幕第五场68行)。但这些都是极为愤世嫉俗的胜利者的公开声明,而我们已经从内在方面看到勃鲁托斯的思想是多么灰暗、混乱和矛盾。然而,在每一个选择都面临不确定性的情况下,依然有必要决定该做什么,于是勃鲁托斯决心杀死凯撒。他相信唯有这样激烈的行动才能拯救共和国,并以他的巨大威望影响了一群同谋者,尽管他们每个人都有自己复杂的行为动机。在关键时刻,即三月十五日,勃鲁托斯和其他人一起将刀刺进了他朋友的身体。

在刺杀完成之后,勃鲁托斯告诉同他一起杀死了凯撒的人们:

> 弯下身去,罗马人,弯下身去,
> 让我们把手浸在凯撒的血里,
> 一直到我们的肘上;
> 让我们用他的血抹我们的剑;
> 然后我们就迈步前进,到市场上去,
> 把我们鲜红的武器在我们头顶挥舞,
> 大家高喊着:"和平、自由、解放!"(第三幕第一场106~111行)

在他的想象中,现在和未来的几代人将尊他们为罗马的救世主。他们的事业是正义的,他相信他们的事业会得到承认,因为他们不是冷酷无情的政治家,而是有崇高理想的人。

但事实并非如此。一方面，每个人的动机都不可避免地比喊出的口号所暗示的更加复杂；另一方面，建立在崇高理想基础上的现实行动可能会产生不可预见和具有讽刺意味的后果。勃鲁托斯梦想着荣誉、正义和自由这些理想能够以某种纯粹的形式存在，不受卑鄙的算计和肮脏的妥协的影响。然而，他从纯粹的原则出发，坚决拒绝杀死与凯撒并肩作战的安东尼，而这种拒绝是一场政治灾难。因为安东尼不仅是凯撒忠实的追随者之一，他还是一个杰出的煽动家。他在凯撒尸体前的著名演讲——"各位朋友，各位罗马人，各位同胞，请你们听我说……"——引发了内战，导致共和国被推翻，而这正是密谋杀死凯撒者想要拯救的政体。

莎士比亚表达得很清楚，勃鲁托斯想要让自己的谋杀动机不沾染任何私利或暴力的想法纯粹是幻想。他渴望在不毁灭凯撒的情况下，摧毁凯撒所代表的威胁——暴政的威胁——但勃鲁托斯也认识到，这种干净、不流血的捍卫自由的方法是不可能的：

> 啊！要是我们能够直接战胜凯撒的精神，
> 我们就可以不必戕害他的身体。
> 可是唉，凯撒必须因此而流血。（第二幕第一场169～171行）

154

莎士比亚并不是在嘲笑勃鲁托斯拒绝其他同谋者希望在暗杀行动之后大开杀戒的要求。这种拒绝显示出某种崇高的精神，与安东尼及其盟友冷酷的机会主义形成鲜明对比——后者会立即抓住机会杀死对手。但这种纯洁的梦想是不现实的，充满了讽刺意味。它完全没有考虑到普通罗马人的变化无常。

《裘力斯·凯撒》深入探索了心理和政治困境，但并未对此提供任何解决方案。凯歇斯（因为错误地估计了菲利比平原混战的结果而自杀）和勃鲁托斯（被凯撒的鬼魂困扰）对此也都没有清醒的认识。相反，这场悲剧用一种前所未有的视角展现了政治的不确定性、混乱和盲目性。他们努力避免可能发生的宪政危机，防止凯撒行使专制的权力，结果却加速了国家的崩溃。本来要拯救共和国的行为却使它最终毁灭了。凯撒死了，但在剧终时，凯撒主义胜利了。

第 10 章　可抵抗的崛起

社会和个人一样，通常会保护自己不受反社会者的侵害。如果我们没有发展出识别和处理来自内部和外部的有害威胁的技能，我们就不可能作为一个物种生存下来。群体通常对其内部的某些人所构成的危险保持警惕，并设法隔离或驱逐他们。这就是暴政不是社会组织的常态的原因。

然而，在特殊情况下，保护社会常态实际上比看起来要困难得多，因为潜在的暴君的某些危险品质可能是有用的。莎士比亚笔下能够代表这种双刃剑式人物的是卡厄斯·马秀斯，他更广为人知的名字是科利奥兰纳斯，他强烈的好斗情绪、专横和对痛苦的漠不关心使他成为公元前五世纪保卫罗马的一位极为成功的战士。莎士比亚从他最喜爱的素材之一——普鲁塔克（Plutarch）的《希腊罗马名人传》（Lives）中找到了故事的基本情节，并据此创作了他的最后一部悲剧。

《科利奥兰纳斯》的故事发生在非常遥远的古代，但该剧间接地涉及当时英国面对的一些紧迫的社会问题。英格兰的周期性粮食歉收导致了食物短缺，几代人以来不断引发社会的激烈抗议，民众要求政府提供紧急救援物资。1607年，一场大规模的骚乱在英格兰中部地区爆发，并迅速从北安普敦郡蔓延到莱斯特郡和沃里克郡。成千上万愤怒的群众公开谴责囤积粮食再以高价出售牟利的恶劣行为，并要求地方乡绅停止非法圈地。

反抗力量的主要领导人是约翰·雷诺兹（John Reynolds），也被称为"口袋队长"（Captain Pouch），因为他带着一个小袋子，里面装着的魔法物品据说可以用来保护抗议者免受伤害。雷诺兹鼓励他的追随者采取非暴力的方式，他们大多也满足于拆除树篱，或填平地主用来圈地的沟渠。当地治安人员保持了冷静，但地主却深感恐慌。莎士比亚本人也有充分的理由和他们同样忧虑，因为他在沃里克郡拥有土地，自己也多少囤积了一些粮食。因此，他考虑的问题是如何应对这种骚乱。

社会精英们热切地讨论应对抗议的最佳策略，一些人主张发放食物、停止圈地，另一些人则敦促官方采取强硬措施。什鲁斯伯里伯爵写信给他的兄弟肯特伯爵说，不要试图进行"任何劝说"，除非"你有四五十匹装备精良的马，它们会把成千上万像这样衣不遮体的群氓踏成碎片"。① 事实上，这种残酷的观点是占上风的。1607 年 6 月，数十名抗议者被地主武装分子杀害，口袋队长被抓并处以绞刑。（根据当时一位编年史家的记载，他的袋子里"只有一块干奶酪"。）英格兰中部的农民起义被平息了。

莎士比亚的这部戏剧以古罗马的一场粮食骚乱开场。科利奥兰纳斯与什鲁斯伯里伯爵的观点如出一辙。他宣称，如果他的贵族同胞们能抛弃他们滥用的同情心，他就能立刻结束这一切。

---

① In *Narrative and Dramatic Sources of Shakespeare*, ed. Geoffrey Bullough, 8 vols. （New York: Columbia University Press, 1977）, 5: 557. See, Likewise *The Arden Shakespeare*: *Coriolanus*, ed. Peter Holland (London: Bloomsbury, 2013), pp. 60 – 61.

让我运用我的剑，我要尽我的枪尖所能挑到，
把几千个这样的奴才杀死了
堆成一座高高的尸山。（《科利奥兰纳斯》第一幕第一场 189~191 行）

让他极度厌恶的是，贵族们决定安抚民众，给民众一定程度的政治代表权，即选出五个护民官，代表他们的利益。在科利奥兰纳斯看来，一个护民官都太多了。他认为，普通人根本不应该有代表权，他们应该让别人来决定他们的命运。

贵族党——正如其主要发言人所说，这是个"右翼党"——只有一个核心利益：（通过我们现在所说的财政政策）确保严重不平等的资源分配，并保护其成员积累的财产。为了这个利益，贵族几乎愿意牺牲一切。他们当然也愿意牺牲穷人的幸福甚至生命。

富有的贵族依赖下层阶级的劳动，即那些在城外的田地里辛勤劳作的人，城里的工人、工匠和仆人，以及加入保卫城市、抵御敌人的普通士兵队伍的劳动。正是出于这个原因，当穷人在绝望中最终放下劳动工具，发起暴动时，贵族们至少会对他们的一些要求做出让步。不过，这样的让步也不代表贵族阶层承认了他们对劳动阶层的依赖；相反，精英阶层认为穷人，尤其是城里的穷人，只不过是对物质的一种消耗，是一群需要养活的闲人。毕竟，大部分土地和农作物，以及房屋、工厂和几乎所有其他东西，都属于贵族。他们站在财富的山顶往下看，几乎一无所有的穷人就像是寄生虫。贵族士兵也是如此：他们自幼习武，全副武装，骑着高头大马，穿着闪亮的铠甲，赢得战争勋章；他们视穷人为懦夫，认为穷人只会搬运攻

城器械、运送装备,在箭雨中躲藏逃命。

在这部剧中,贵族最接近于承认对穷人的依赖的时刻极具象征意味:科利奥兰纳斯占领了敌人的城市科利奥里(他的名字正是因为征服了这座城市而来的),并向他的指挥官提出了一个请求。"无论什么要求,我都可以答应你,"充满感激的将军说道,"你说吧。"科利奥兰纳斯回答说,他在科利奥里城曾"向一个穷汉借宿过一宵,他招待我非常殷勤"(第一幕第九场79~81行)。这个穷人现在被罗马人俘虏了,命运握在罗马人手中,他发现了自己曾招待的客人科利奥兰纳斯,并向后者高声求助,但就在那一刻,科利奥兰纳斯正忙着和敌人的首领作战,"愤怒吞噬了我的怜悯"。现在他向将军请求:"请您/让我的可怜的居停主人恢复自由吧。"(第一幕第九场84~85行)将军深受感动——"即使他是杀死我儿子的凶手,/我也要让他像风一样自由"(第一幕第九场86~87行)——然后问起了那位穷人的名字。不幸的是,科利奥兰纳斯已经忘了。

对于贵族来说,平民是没有名字的。尽管如此,在罗马为面包而暴动的穷人至少成功地让贵族听到了他们的怨声。他们大声疾呼,如果贵族们愿意发放粮食,那么尽管收成不好,粮食储备还是绰绰有余,可以防止饥荒。然而,富人宁愿让谷物在粮仓里腐烂,也不愿降低市场价格。除了囤积者的贪婪外,根本问题在于,政府设置的整个经济体系不是为了缓和,而是为了加剧贫富之间的收入差距。

贵族们制定了税法和财政法规,因此应对这个体系负责任,但他们当然不会承认这是他们的初衷。在描绘和颜悦色的贵族阶级代言人米尼涅斯·阿格立巴(Menenius Agrippa)时,莎士比亚巧妙地塑造了一个成功的保守派政治家，此人完全属于富人阵营，但善于把自己表现为人民的朋友。他对民众的困境深表同情，并提醒骚乱者——他用"我的好朋友们，我的同胞们"（第一幕第一场55行）来称呼他们——恶劣的天气导致了饥荒，这很难归咎于贵族。暴力无济于事。他劝告人们要有耐心，要祈祷，同时要相信富人总是对穷人怀有"善意的关切"。

群众中一个人起哄道：

> 他们从来没有爱护过我们，让我们忍受饥寒，他们的仓库里却堆满了谷粒；颁布保护高利贷的法令；每天都在忙着取消那些不利于富人的正当的法律，重新制定束缚穷人的苛刻的条文。（第一幕第一场72~77行）

这位姓名不详的市民在这里提出的指控是尖锐而清晰的。我们不是在杰克·凯德和他那群醉醺醺的暴民的世界里。人群中另一个人甚至提出了一种理论，虽然有些尖刻，但似乎是可信的，它解释了为什么那些拥有过多的、很可能用不完的财富的人会得意地看着其他人挨饿。他在开场时就指出了这个显而易见的事实："我们的痛苦饥寒，我们的枯瘦憔悴，就像是列载着他们的富裕的一张清单。"（第一幕第一场17~18行）普遍贫穷的景象让富人觉得更加富有。

米尼涅斯则用一个著名的寓言故事来反驳民众，这个寓言讲的是身体其他部位共同反对肚子的故事。这些身体部位负责所有的艰难工作，如观看、聆听和行走；它们抱怨说，肚子除了吃喝什么也不做。当然，正如寓言所言，肚子非但不是闲着的，而是"整个身体的仓库和工场"。它不断地工作，虽然我们看不见，但它把基本的营养分配到每个部分。米尼涅斯坚持认为，罗马的贵族元老们正是这个分配站。他们是人民生活中一切美好事物的源泉。

> 把有关大众幸福的事情彻底想一想，
> 你们就会知道
> 你们所享受的一切公共的利益，
> 都是从他们手里得到，
> 完全不是靠着你们自己的力量。 （第一幕第一场 142~145行）

按照这种说法，一切财富首先流入富人的腰包是完全正确的；经过他们充分"消化"后，财富将以适当的份额流到其他人身上。

我们不清楚这些饥饿的暴徒是否会被这种精英消费的异想天开的辩解说服。就在这时，米尼涅斯的朋友科利奥兰纳斯出现了，米尼涅斯这个保守的政治家突然放下了对大众平易近人的伪装。而科利奥兰纳斯这个武夫则不需要任何这样的伪装。他拒绝戴上政治上老练的保守派人士那种更友善、更温和的面具，而是用另一种右翼的态度发言，他的对策远非用动听的寓言来包装自己的政策，而是渴望发动一场大屠杀。

如果不是罗马的主要敌人伏尔斯人即将对罗马发动进攻的消息传来，科利奥兰纳斯可能就真的将他的威胁付诸实施。这个消息使他很高兴，不仅因为战争是他的使命，而且如果运气好的话，战争还将消灭相当数量的"乌合之众"。"我很高兴，"

他兴高采烈地说,"因为我们可以有机会发泄发泄我们剩余下来的朽腐的精力了。"(第一幕第一场216~217行)对于这位勇猛的战士来说,穷人——那些靠救济生活的人——就像已经发霉的残羹剩饭。最好的办法是把这些人处理掉,再开窗透透气。

科利奥兰纳斯心理和政治上的残酷无情似乎都来自他的母亲——令人生畏的伏伦妮娅(Volumnia)。"当年,他还只是一个身体娇嫩的孩子,我膝下还只有他这么一个儿子,他的青春和美貌正吸引着众人的注目,就在这种连帝王们的整天请求也都不能使一个母亲答应让她的儿子离开她眼前一个小时的时候,"她炫耀道,"我……放他出去追寻危险,从危险中间博取他的声名。"她把儿子抚养成人,让他专注于一个最高目标:赢得军功。"我让他参加了一场残酷的战争。"(第一幕第三场5~12行)

伏伦妮娅对她孩子的声誉和名望的热切关注具有一种残忍好杀的特性。正如她所说,她膝下的独生子是一个物体,是一面镜子,她从中只看到了自己的重要性,此外有关他的一切都不重要。她没有保护儿子娇嫩的身体的那种母性;相反,她以儿子与罗马敌人的交战中留下的伤疤为荣耀。对她来说,战争的创伤是美丽的。

> 当赫卡柏乳哺着赫克托的时候,
> 她的丰美的乳房
> 还不及赫克托流血的额角好看,
> 当他轻蔑地迎着希腊人的剑锋。(第一幕第三场37~40行)

她对儿子的教育十分乖僻,这一点集中体现在她将母乳喂养婴儿的情景扭曲成血从伤口喷涌而出的景象。

在一个令人毛骨悚然的场景中,伏伦妮娅和米尼涅斯(他扮演了科利奥兰纳斯的养父的角色)兴奋地分享儿子最新的成就,也就是最新的伤口。"他什么地方受了伤?"米尼涅斯急切地问。"肩膀上,左臂上。"(第二幕第一场 132~136 行)伏伦妮娅回答道。当她儿子自荐为执政官(罗马共和国的最高职位)的候选人时,她已经在考虑这些伤口将给他带来的政治优势:"当他在民众之前站起来的时候,他可以把很大的伤疤公开展示哩。"这两位老人继续他们怪诞的清点。

> 伏伦妮娅:在这一次出征以前,他全身一共有二十五处伤痕。
>
> 米尼涅斯:现在有二十七处了;每一个伤口都是一个敌人的坟墓。(第二幕第一场 136~145 行)

他们似乎不是在描述一个人的身体。当号角声报告科利奥兰纳斯的到来时,他的母亲用更适合描述武器的词语来描述他:

> 凡是他所到之处,
> 总是响着雷声;他经过以后,
> 只留下一片汪洋的泪海;
> 在他壮健的臂腕里躲藏着幽冥的死神;
> 只要他一挥手,人们就丧失了生命。(第二幕第一场 147~150 行)

作为一个孝顺的儿子,科利奥兰纳斯不仅有了令母亲满意的伤疤,而且把自己变成了她希望他成为的非人的存在。在战斗中,正如对他敬畏的将军所描述的那样,"从脸上到脚上,/他浑身都染着血"(第二幕第二场 105~106 行)。他怎样被造就成一个"物",他也以同样的方式对待别人。对他来说,平民是"奴隶""乌合之众""癞皮狗""恶棍"。他一路砍杀、焚烧,屠戮挡在他面前的一切。

在剧的开头,我们看到科利奥兰纳斯的妻子维吉利娅(Virgilia)和一个朋友聊天,朋友问她的年幼的儿子怎么样了。"谢谢夫人,他很好",她礼貌地回答。但这个回答并没能让孩子尚武的祖母伏伦妮娅满意。"他宁愿看刀剑听鼓声,"她自豪地谈起她的孙子,"也不愿见教书先生的面。"(第一幕第三场 52~53 行)这个对科利奥兰纳斯童年价值观的短暂一瞥立刻被那位朋友强化了,她接着讲述了一个她知道会让孩子祖母高兴的事情。"星期三那天我曾经瞧了他足足半个钟点"(第一幕第三场55~56 行),这个前途无量的小孙子有这么"一副坚决的面孔",即坚毅的表情。"我见他追赶着一只金翅的蝴蝶,捉到了手又把它放走,放走了又去追它;这么奔来奔去,这么捉了放,放了捉,也不知道是因为跌了一跤呢,还是因为别的,他发起脾气来,咬紧了牙关,把那蝴蝶撕碎了;啊!瞧他撕的时候他那股劲儿!"(第一幕第三场 57~61 行)

为什么小孩将蝴蝶撕碎的行为会出现在戏中?"他父亲也是这样的脾气"(第一幕第三场 62 行),伏伦妮娅高兴地回答。我们不得不把科利奥兰纳斯看作伏伦妮娅这样一个母亲塑造出来的产物,就像我们看到的,即使在他最可怕的时候,他也只是一个非常危险的小男孩。当然,他是一个了不起的战士。人们服从他的命令,在他面前发抖。他掌握着生杀大权。他可以拯救城市,也可以摧毁城市。他可以消灭无数的家庭,威胁整个王国,让已知世界笼罩在阴影之下。但这种威胁并没有让我们觉得他走出了幼稚的童年时代。

在文明国家中,我们希望领导人至少能有最起码的成年人的自我控制力,我们也希望他们友善、正派、尊重他人、尊重制度。科利奥兰纳斯却不是这样。我们在这里讨论的是一个大孩子的自恋、不安全感、残忍和愚蠢,所有这些都没有受任何成年人的监督和约束。本该帮助孩子成熟的成年人要么完全缺失,要么强化了孩子最糟糕的品质。

科利奥兰纳斯的成长经历所带来的一系列性格特点——容易发怒、横行霸道、缺乏同情心、拒绝妥协、忍不住地想对他人施加暴力——有助于解释他在战争中的成功。但问题是,当这样的人物不是在战场上统领罗马军队,而是在国家层面试图行使最高权力时,会发生什么。

在战场上大显身手之后,科利奥兰纳斯回到家乡,受到了广泛的、而且是他应得的赞誉。一个信使汇报说:

> 我看见聋子围拢来瞧他,
> 瞎子围拢去听他讲话;
> 当他一路经过的时候,
> 中年妇女向他挥手套,年轻姑娘向他挥围巾手帕,
> 贵族们见了他,像对着乔武的神像似的鞠躬致敬,
> 平民们见了他,都纷纷掷帽,欢声雷动。(第二幕第一场249~255行)

他是罗马的救星。

科利奥兰纳斯的母亲和其他贵族党领导人认为，这是这位战争英雄竞选执政官的最佳时机。可以肯定的是，他的政治观念相当极端，而且他毫无节制地发表自己的观点，但富人现在后悔他们在城市骚乱的压力下做出了让步。作为执政官，科利奥兰纳斯能够收回已经放弃的东西。从一开始，他就坚决反对给予平民任何政治权利，以及建立任何社会保障制度。他轻蔑地描述挨饿的人群：

> 他们说他们肚子饿，
> 叹息出一些陈腐的老话：
> 什么饥饿可以摧毁石墙，
> 什么狗也要吃东西；
> 什么肉是供口腹享受的；
> 什么天神降下五谷，不是单为富人。（第一幕第一场196~199行）

对他来说，这些都是"陈词滥调"；如果让他们饿死，罗马会更好。

在与伏尔斯人的战争之后，就连米尼涅斯（他曾小心翼翼地用温和的民粹主义色彩来掩盖自己的右翼观点）也采取了更为强硬的立场。他再也不需要对下层阶级妥协或安抚他们了。"你们费去整整的一个大好的下午，审判一个卖橘子的女人跟一个卖塞子的男人涉讼的案件"，他取笑护民官说。在离开前他又挖苦道"你们是那群畜类一般的平民的牧人，我再跟你们谈下去，我的脑子也要沾上污秽了"（第二幕第一场

62～63、85～86行)。罗马政治生活中出现了一种新的基调，一种更卑鄙、更倾向于使用暴力的基调。

伏伦妮娅认为，政治时机如今已经成熟，她儿子将顺势而为，进入政坛，并争取普通民众的选票。但这个儿子起初拒绝按母亲的要求去做。毕竟，正如科利奥兰纳斯指出的那样，是她教他说那些人"只是一批萎靡软弱的货色，／几毛钱就可以把他们买来卖去"（第三幕第二场9～10行）。正是她使他从童年时代起就变成了一个顽固的、愤怒的、骄傲的毁灭者。在抵制妥协的呼声中，他忠于自己，也就是说忠于他从小受到的教育。完全是由于母亲无休止地对他施压，他才勉强同意参加竞选。

还有其他人竞选执政官，但战争英雄科利奥兰纳斯是最受欢迎的。他在元老院顺利获得了候选人资格，剩下的就是设法获得普通民众的多数选票，而且鉴于他出色的军事贡献和对战利品的完全漠视，这似乎是确定无疑的。他只需要走走过场，向人们展示自己，让他们看看自己的战场伤疤就行了。当然，原则上选民仍然可以拒绝他，他们很清楚科利奥兰纳斯不是他们的朋友。尽管如此，出于对他为罗马做出的贡献的由衷感激，许多人准备不顾自己的阶级利益，把他们的"票"投给他，也就是发出他们赞同的声音。

在这部剧中，富有的贵族认为穷人一文不值，但穷人自己却不这样认为。莎士比亚想象了市民的对话，这些下层人民试图平衡自身利益和义务、权利和恩惠之间的关系。"要是他请求我们的同意，"一个平民说，"我们可不能拒绝他。""要是我们不能同意，"另一个人表示异议，"我们可以拒绝。""我们有权力拒绝他，"第三个人则说，"但我们没有权力运用这一种权力。"（第二幕第三场1~5行）在莎士比亚的笔下，这些都是自由选举中微小却难得的困惑。

整个选举过程依赖于各方对这一制度的基本尊重。很简单，科利奥兰纳斯需要用一种约定俗成的、历史悠久的方式来争取民众的选票。然而，他的极端反民主主义让他甚至不能容忍这种最起码的尊重。他向那些富有的议员，也就是和他同属一个阶级、认同他的价值观的人表示，他对他们有义务："我愿意永远／为他们尽忠效命。"（第二幕第二场30~31行）而对于民众，他拒绝承认自己应该对他们负责。

在这里，民众的护民官——顽强而冷酷的职业政客西西涅斯（Sicinius）和勃鲁托斯展示了他们的勇气。莎士比亚对他们的动机和手段没有一丝感情用事或美化。他们是无情、狡诈、善于操纵民众的职业政客，主要的目的是保护自己的地位。他们所代表的人群很容易动摇。他们一会儿在为战争英雄科利奥兰纳斯欢呼，一会儿又在喊叫"打倒他！"并要求处决或流放他。他们似乎完全不明事理。尽管如此，护民官让民众看到了显而易见的事实：以科利奥兰纳斯为首的贵族党实际上是他们的敌人。

170

他们正确地估计到科利奥兰纳斯会被他的傲慢、极端主义和暴烈的脾气打倒，因此坚决要求遵守适当的程序：候选人必须接受普选。贵族们热切地希望他们的勇士被选为执政官，他们恳求科利奥兰纳斯放低傲慢的姿态，走一走向民众演讲的过场。"您必须请求他们想起您的功劳。"米尼涅斯对他说。"想起我的功劳？"科利奥兰纳斯不屑地说，"哼！""请您好好地对他们说话。"沮丧的米尼涅斯劝他。"叫他们把脸洗一洗，／把他们的牙齿刷干净。"科利奥兰纳斯轻蔑地回答道。（第二

幕第三场 51~58 行）

没有什么能缓和科利奥兰纳斯的可憎面目，然而这部戏却奇怪地对他表现了同情，至少与他所在阶级的其他人相比是这样。贵族们敦促他为了当选而放弃他那根深蒂固的信念。他们想让他撒谎、迎合、扮演煽动者的角色，因为一旦他稳坐执政官宝座，他将有足够的时间恢复他的实际立场，收回对穷人做出的让步。这是最常见的政治游戏：这些富豪出身于特权阶层，从内心对地位低于他们的人充满轻蔑。在竞选期间，他们嘴上挂着民粹主义的花言巧语，一旦达到了自己的目的，他们就会抛弃民众。罗马人早已将之提炼为一套表演程式，就像今天一个衣冠楚楚的政治家在一个建筑工地举行的集会上戴着一顶安全帽：参加竞选的人会脱下华丽的长袍，走进市场，穿上一件破旧的白大褂，即"表示谦卑的粗衣"（第二幕第一场250行）。然后，他如果有任何战斗的伤疤，就会把它们像简历一样展示出来，争取民众的选票。

科利奥兰纳斯觉得如此伪装很恶心。他努力去做他的党派恳求他做的事，但他却感到恶心。正如他所说，他要"学学那些善于笼络人心的贵人"，也就是说模仿一个成功政治家的魅力风格。然而，他的"卑躬屈节"（第二幕第三场93~95行）是如此虚假，明显违背了他的为人处世，因此他不会这么做。起初，人们倾向于信任他，并保证投票给他，但在集会结束后他们却很不舒服，感觉自己被嘲弄了。勃鲁托斯和西西涅斯轻而易举就让群众认识到，科利奥兰纳斯"老是反对/你们的自由"（第二幕第三场171~172行），这种不舒服的感觉让他们的不安变成了重新考虑、后悔，最终他们撤回了支持。

在莎士比亚看来，整个过程是无所顾忌的政治教训：看似确信无疑的情况可能很快就会分崩离析。贵族元老院一度看似必然会胜利：科利奥兰纳斯听从他们的建议来到集市上，成功地争取到了必要数量的"选票"。但还有最后一步，也就是例行公事般地确认投票结果。勃鲁托斯和西西涅斯背水一战，用这种程序强行中止了整个选举过程。

护民官和他们所对抗的精英一样精于算计，擅长欺骗。莎士比亚一定认为，如果民主反对派自命清高，无力反击导致夺取权力的政治阴谋，他们就无法阻止暴政。科利奥兰纳斯富有的贵族盟友们敦促他掩盖自己的实际观点，以便当选。护民官则劝导民众掩饰他们——护民官自己——在引发和组织选举最后的反转中所起的作用。"把过失推在我们身上"（第二幕第三场 225 行），护民官私下建议选民们，让他们说是他们的领导者要求他们支持科利奥兰纳斯的，但现在，考虑到他对民众根深蒂固的敌意和他的嘲讽，他们撤回了这种支持。

选民们听从了这些指示，科利奥兰纳斯被激怒了，发泄了对民主的憎恨，而精英们迫切希望他隐藏这种憎恨，直到选举结束。他很气恼，觉得安抚群众只会鼓励"叛乱、放肆和骚扰"（第三幕第一场 68 行）。穷人是"麻疹"，让他们接近权力就会导致感染。他的朋友们试图让他闭嘴，因为他们虽然看法相同，但不愿公开表达。但科利奥兰纳斯没有停止。他宣称，这个国家不可能有两个权威。要么贵族统治平民，要么整个社会秩序将被颠覆："要是他们做了元老，／你们便要变成平民。"（第一幕第一场 98～99 行）至于社会保障——如免费分发食物以防止饥饿——无异于"养成反叛的风气，／酿成国家的瓦解"（第三幕第一场 114～115 行）。护民官勃鲁托斯听到这番痛骂后，提出了合理的疑问："人民可以同意说这种话

的人当执政吗？"（第三幕第一场 115~116 行）

这一次，由于科利奥兰纳斯口无遮拦，一切都公之于世了。较为温和的议员愿意做出一点让步，以避免一场重大的突发性群体事件和大规模的社会抗议。尽管他们设法限制了普选，但他们至少还允许表面上的代议制。但是对科利奥兰纳斯来说，他不能容忍他所在阶级的虚伪和迁就，"刚好足够"的让步对他来说已经过分了。他温和的建议是让穷人挨饿。饥荒将减少懒汉的数量，而那些活下来的人就不会强烈地要求施舍了。他认为，那些施舍只会让下层阶级的自立能力下降，整个福利制度就是一种让他们上瘾的毒品。

他公开宣称，现在需要做的是让贵族们拿出足够的勇气，拿走平民想要但在他看来伤害了他们和国家的东西。这意味着不仅要取消免费食物配给，还要取消给予穷人政治发言权的整个护民官制度。限制民众代表制度——这实际上相当于罗马人采取的压制选民、恐吓、重划选区等措施——是不够的。科利奥兰纳斯还提出了更激进的观点。"那么赶快/拔去群众的舌头吧，"他劝说，"让他们不要去/舔那将要毒害他们的蜜糖。"（第三幕第一场 152~154 行）本质上，他想摧毁罗马宪政制度。

护民官立即以叛国罪起诉科利奥兰纳斯。他们要求逮捕他这样"一个企图政变的叛徒，/公众幸福的敌人"（第三幕第一场 171~172 行）。而事实是，在他撕开了精英阶层精心构筑的意识形态的伪装后，他的激进提议给精英阶层造成的威胁不亚于对平民百姓的威胁。"两方面彼此客气一点。"当对立的两派陷入冲突时，米尼涅斯恳求道。有个元老说，这场冲突会把"这城市夷为平地"。西西涅斯却说："没有人民，还有什

么城市?"他的追随者把这句话当作口号:"有人民才有城市!人民就是城市!"(第三幕第一场 177~194 行)

内战似乎一触即发,无论科利奥兰纳斯和贵族们有多么强大的军事力量,愤怒的民众都具有人数上的绝对优势。"可是现在众寡悬殊。"考密涅斯将军严肃地说。"他就不能对他们说句好话吗?"沮丧的米尼涅斯问道,他觉得有必要再次安抚一下暴民(第三幕第一场 238、256 行)。这一次,他答应把科利奥兰纳斯带回集市,让他服从法律,回答对他的指控。

说服他这样做不是一件容易的事。在米尼涅斯努力说服他时,伏伦妮娅也加入其中,伏伦妮娅同样因固执的科利奥兰纳斯不能充分掩饰自己,以便当选执政官而感到沮丧。"在他们还有力量阻挠你的时候,"她对儿子说,"你要是少向他们矜夸一些意气,也可以少碰到一些逆意的事情。"(第三幕第二场 20~23 行)科利奥兰纳斯则回答道:"让他们上吊去吧。"他母亲又说:"是的,我还希望他们在火里烧死。"(第三幕第二场 23~24 行)但是诅咒民众并不能解决问题。她觉得,对科利奥兰纳斯来说,唯一明智的方法是做那些精英其实一直知道该怎么做的事情。

> 你现在必须去向人民说话;
> 不是照着你自己的意思说话,
> 却要去向他们说一些
> 完全违背你的本心的话。(第三幕第二场 52~57 行)

他应该做的就是说谎。她向他保证,每个人都认同这种观点,包括"你的妻子、你的儿子、这些元老和贵族"(第三幕第二场 65 行)。

科利奥兰纳斯有能力解决他所引起的危机。他所要付出的代价仅仅是表现得像个政客。但对他来说,这个代价高昂得难以承受。科利奥兰纳斯的人生——他从母亲那里继承了极度耿直、骄傲和唯我独尊的精神——就是反抗扮演一个如此堕落的角色。而他的内在品质和外在要求之间的冲突更让他难以忍受,因为正是他母亲在要求他贬低作践自己。她对他说:

176
> 好儿子,
> 你曾经说过,当初你因为受到我的奖励,
> 所以才会成为一个军人;
> 现在请你再接受我的奖励,
> 做一件你从来没有做过的事吧。(第三幕第二场 107~110 行)

伏伦妮娅非常清楚,她儿子的男子汉气概受到了严重的冲击,而他从小就试图取悦她,这塑造了他的整个性格。他身上的伤疤绝不是为了展示给普通民众看的,它们是献给她一个人的装饰品。但现在,令他无比沮丧的是,母亲告诉他,他努力过头了:"你要不是这样有意显露你的锋芒,已经不失为一个豪杰之士。"(第三幕第二场 19~20 行)更确切地说,他听到母亲要求他采取一种与以前完全不同的,甚至令他更痛苦的受虐者的姿态。在他看来,她希望他成为一个乞丐,一个无赖,一个哭泣的学童,或者一个妓女。更糟的是,她想让他的

"和战鼓竞响的巨噪"变得"像阉人一样地尖细"(第三幕第二场112~114行)。好吧,他说,为了她,也只为她,他愿意阉割自己的精神:"母亲,我就到市场上去。"(第三幕第二场131行)

结果,就像他早先努力拉票一样,科利奥兰纳斯扮演政客的过程又成了一场灾难。护民官知道他心理不稳定,并且完美地利用了他的弱点。他们谴责他攻击历史悠久的政治体制,企图让自己成为一个暴君:"你企图推翻一切罗马相传已久的政制,造成个人专权独裁的地位。"(第三幕第三场61~63行)他们继而宣布:"你是人民的叛徒。"叛国罪的指控足以使科利奥兰纳斯怒不可遏,最终他被判驱逐出城。

诡计多端的护民官实现了他们的目的之后,故意做出了让步的姿态。"现在我们已经表现出我们的力量,"其中一个说道,"事情既已了结,我们不妨在言辞之间装得谦恭一点。"(第四幕第二场3~5行)但是,尽管这部戏总是将他们描绘得奸诈狡猾,但并没有说他们错误地估计了事实。科利奥兰纳斯确实敦促贵族剥夺下层阶级的公民权。如果他被选为执政官,他肯定会这么做。即使在他被驱逐之后,这种威胁也没有结束。一个罗马间谍在与他的伏尔斯人联络人接头时,报告说罗马贵族"一有机会,就准备剥夺人民的一切权力,把那些护民官永远罢免"(第四幕第三场19~21行)。

这种上层阶级的阴谋令人困惑,原因在于在科利奥兰纳斯被驱逐之后,罗马似乎前所未有地繁荣。老百姓没有抗议和闹事,而是安居乐业。其中一个护民官狡黠地说这种和平与宁静使科利奥兰纳斯的贵族朋友"感到惭愧"。

> 他们宁愿瞧见纷争的群众在街道上闹事,
> 虽然那样对他们自身也同样有害,
> 他们不愿瞧见我们的百工商贾们
> 安居乐业、歌舞升平。(第四幕第六场 5~9 行)

178　　这是一种反常但熟悉的模式:特权集团认为,他们需要专制的权力来维持国家的秩序。科利奥兰纳斯代表他的阶级告诉民众:"倘使没有他们帮助神明把你们约束住,使你们有一点畏惧,你们早就彼此相食了。"(第一幕第一场 177~179 行)当富人被证明错误的时候,即当国家中的人民无论贫富都在一个更加民主的体制下共同繁荣时,他们便希望国家陷入他们当初承诺平息的混乱之中。

　　那科利奥兰纳斯呢?他被指控为卖国贼,这激起了他的愤怒,这等于说这个为罗马流了那么多高贵的血的勇士和我们看到的向伏尔斯人提供报告的低级间谍没什么两样。然而,在被驱逐之后,科利奥兰纳斯恰恰倒向了伏尔斯人。"我痛恨我自己生长的地方,"他说,"我的爱心已经移向了这个仇敌的城市。"(第四幕第四场 23~24 行)

　　这个情节的转折值得细究。无论科利奥兰纳斯的尚武英雄主义的来源是什么,它肯定不是出自对民众的爱,甚至也不是出于对抽象的"罗马"这个概念的忠诚。他曾一度觉得自己与贵族同胞之间有一种纽带,但在他看来,他的社会阶层已经抛弃了他,默许"那些奴才把我轰出了罗马"(第四幕第五场 78~77 行)。他尖刻的话语清楚地表明了他对祖国的看法:他应该争取普通民众的选票,而在他眼中他们都是"奴才";

179　"怯懦的贵族"是懦夫,他们在关键时刻拒绝屠杀平民来让他免受放逐的屈辱。现在他渴望报复他的整个"腐败的祖国"（第四幕第五场74、90行）。

在科利奥兰纳斯到达伏尔斯人的都城安齐奥（Antium）后，敌方将领塔勒斯·奥菲狄乌斯（Tullius Aufidius）完全有理由杀他，因为这位罗马战士的剑上沾满了伏尔斯人的血。但奥菲狄乌斯明白，他可以充分利用被放逐者对昔日同胞的愤怒。"高贵无比的先生"，奥菲狄乌斯如此称呼他，并让他指挥伏尔斯人一半的军队，并授权他组织军事行动。"你既然对自己国中的虚实了如指掌，就可以凭着你自己的经验决定进军的方策。"（第四幕第五场138～139行）

起初，当科利奥兰纳斯已经叛变，并即将领导敌人的军队对祖国发动攻击的谣言开始在罗马传播时，护民官拒绝相信。城市繁荣发展、和平稳定，他们认为这是假新闻，是某些贵族党人捏造的，也许"那些懦弱的人希望"科利奥兰纳斯再度归来（第四幕第六场70行）。甚至米尼涅斯也相信这是谣言，因为科利奥兰纳斯和奥菲狄乌斯是宿敌，他们不可能结成联盟。但当人们清楚地认识到，敌军逼近不是假新闻时，贵族们的反应就很有意思了。他们没有对科利奥兰纳斯的背叛严厉声讨，也没有因为他悍然背叛了他所宣称热爱和捍卫的一切而诅咒他。他们反而攻击平民："你们干的好事，你们和你们那些穿围裙的家伙！"米尼涅斯嘲笑护民官们："你们那样看重那些手工匠的话，那些吃大蒜的人吐出来的气息！"（第四幕第六场95～98行）这全是那些浑身恶臭、自以为是地大声嚷嚷的劳动人民的错。他们——而不是科利奥兰纳斯——背叛了罗马。

护民官试图安抚民众。"不要发急，"他们说，这些可怕的消息别有用心,"他们面上装得很害怕,心里却但愿真有这样的事"(第四幕第六场 149~151 行)。这种观察是公正的——贵族憎恨平民,甚至心理扭曲到欢迎科利奥兰纳斯的叛国行为。但人们有理由感到害怕。这部戏讽刺性地勾勒了历史修正主义的直接起源。"我们把他放逐的时候,我早就说我们做了一件错事。"(第四幕第六场 154~155 行)一个市民说。"我们大家都这样说。"另一个也说。

莎士比亚此剧中高潮迭起的第五幕证实了科利奥兰纳斯对罗马、贵族集团、他的朋友考密涅斯、他视为养父的米尼涅斯及他的妻子维伦利娅都缺乏忠诚。"原谅我的残酷吧,"他对妻子说,"可是不要因此而向我说,'原谅我们的罗马人'。"(第五幕第三场 43~44 行)他坚决反对妥协。他率领伏尔斯人的军队,在罗马城外扎营,就像一个毫不留情的毁灭之神,随时准备把这座城市夷为平地,割断男人的喉咙,把妇女和儿童拉去当奴隶。他之所以没有这样做,完全是因为他母亲的求情。伏伦妮娅跪在他面前,一边哀求他,一边斥责他,这使他感到震惊。她说,他像个伏尔斯人,而不是她生的科利奥兰纳斯。"这人有一个伏尔斯的母亲。"(第五幕第三场 178 行)这一呼吁让他无法保持坚定立场:"啊,母亲,母亲!您做了件什么事啦?"(第五幕第三场 182~183 行)他放弃攻击罗马,转而选择了缔结和约。

罗马得救了,但对于科利奥兰纳斯来说,他不可能荣归故国了。毕竟,他几乎毁灭了罗马。他选择回到安齐奥,尽管他知道他性命堪忧。"您替罗马赢得了一场幸运的胜利,"他对母亲说,"可是相信我,啊!相信我,被您战败的儿子,却已经遭遇严重和危险了。"(第五幕第三场 186~188 行)

奥菲狄乌斯不想与昔日的敌人分享权力和荣誉,他立即开始策划摧毁科利奥兰纳斯。他需要迅速行动,因为这位罗马将军在伏尔斯人中很受欢迎,用他的话说,科利奥兰纳斯给他们带来了和平和荣誉。科利奥兰纳斯还没来得及把签署的和约交给伏尔斯人的元老院,奥菲狄乌斯就拦住了他。

> 不要读它,各位大人;
> 对这个叛徒说,他已经越权
> 滥用你们的权力,罪不在赦了。(第五幕第六场83~85行)

正像在罗马人那里一样,科利奥兰纳斯又被指控叛国。这一指控再次让他勃然大怒,但这一次,他的贵族朋友不会与他谈判,也不会给他减刑。奥菲狄乌斯提醒伏尔斯人,他们真正忠于谁,同时提醒他们这个罗马人给他们造成了多大的损失。"撕碎他的身体!"人群喊叫起来,他们想起了每个被科利奥兰纳斯毁掉的人,"他杀死我的儿子!——我的女儿!——他杀死了我的族兄玛克斯!——他杀死了我的父亲!"当阴谋者们挥剑向他逼近时,科利奥兰纳斯听到的最后一句话总结了他留下的残酷遗产:"杀,杀,杀,杀,杀死他!"(第五幕第六场120~129行)

在该剧的高潮部分,让罗马免遭科利奥兰纳斯的毁灭的正是暴君自己的个性,心理上的损害使他最终走向毁灭。"世上没有一个人,"伏伦妮娅说,"和他母亲的关系更密切了。"(第五幕第三场158~159行)心存感激的元老们敦促人们迎接科利奥兰纳斯的母亲,将她尊为城市的救主。但是,在城门口的那一幕发生之前，这座城市就已经受到了保护，免受暴政的侵害。那些卑劣、自私自利的官员与各个民主国家的国会和议会中备受非议的职业政客没什么不同，但他们还是坚决反对这个恃强凌弱的军事首领，坚持要求如手艺人、杂货商、体力工人和脚夫这样的普通民众有权重新审议选票。如果没有他们的顽固坚持和狡诈的诡计，罗马就会落入"只想一个人称王称霸，用不着别人帮助"的人的手中（第四幕第六场33~34行）。虽然没人为他们竖立雕像，但他们才是这座城市真正的救世主。

尾　声

很久以前，那时的社会有着与当今社会非常不同的政治制度，缺乏宪法对言论自由的保护和民主社会的基本准则。莎士比亚还是个孩子的时候，一个富有的天主教徒约翰·费尔顿（John Felton）被抓了起来，因为他张贴了一份教皇诏书的抄件，并坚称"女王从来就不是真正的英国女王"。几年后，一个叫约翰·斯塔布斯（John Stubbs）的清教徒因为写了一本小册子，谴责女王和一个法国天主教徒谈婚论嫁而被刽子手砍掉了右手。小册子的传播者也遭到了同样的迫害。在伊丽莎白一世和詹姆斯一世统治时期，一直有人因其言论和作品而被当局定罪，并受到严厉惩罚。

莎士比亚无疑看到了这其中的一些可怕的场面。这些场面不仅划定了他必须遵守的言论界限，还为他充分揭示了人在遭受无法忍受的痛苦和折磨时的性格特征。它们也揭示了民众的恐惧和欲望，而描绘这些情感恰恰是这位剧作家的特长。作为艺术家，莎士比亚的力量来自人民。他给自己设定的目标不是为一个小圈子写作，依赖一个有极高艺术品位的赞助人生活，而是成为一个广受民众欢迎的艺人，吸引大众掏钱看戏来体验强烈的刺激。[①]

[①] 关于莎士比亚与现代大众娱乐的相似性，见 Jeffrey Knapp, *Pleasing Everyone: Mass Entertainment in Renaissance London and Golden-Age Hollywood* (Oxford: Oxford University Press, 2017)。

这些刺激常常游走在越轨的边缘，因此道德家、牧师和市政官员不断要求关闭所有的剧场。但是莎士比亚明白真正的危险在哪里。他当然知道，"通过写作、印刷、讲道、演讲、文字或言语"来断定君主为"异教徒、分裂者、暴君、不信教者或篡夺王位者"是一种叛国行为。他知道，作为一个剧作家，任何对当时的权贵人物或争议性问题的批判性思考都既诱人又有风险。他的同事托马斯·纳什（Thomas Nashe）被指控煽动叛乱，并在被逮捕前逃亡；本·琼森（Ben Jonson）因类似的指控在监狱里备受煎熬；托马斯·基德（Thomas Kyd）在当局对其室友克里斯托弗·马洛（Christopher Marlowe）的调查过程中遭受酷刑，不久后便死去了；马洛则被女王情报部门的一名特工刺死。谨慎行事是很重要的。

莎士比亚是旁敲侧击的大师，他谨慎地选择将自己的想象力从当时的环境中脱离出来，投向历史事件中。但避免坐牢并不是他唯一的动机。他并不是一个对时事愤愤不平的人，并不想破坏这位大人或那位主教的权威，更不用说挑战英国君主或煽动叛乱了。他努力使自己成为一个富有的人，有稳定的来自剧场、房地产投资、商品交易的收入，偶尔还私下放贷。社会混乱不符合他的利益。他的作品表现出对针对当权者的暴力——甚至是，也许尤其是根据所谓的原则而采取的暴力（principled violence）——的极度厌恶。

但他的作品也表现出对政府认可的陈词滥调的反感，这些陈词滥调在《论服从的布道书》（Homilies on Obedience）等文本中反复出现；对演说者在诸如选举和处决等公共事件中发表的鹦鹉学舌式的讲话的腻烦；以及对渴望攫取优厚利益的牧师传播此类道德说教的厌恶。也许莎士比亚认为官方的策略——为当权者歌功颂德，拒绝承认严重的经济不平等，不管谁执政永远说上帝支持的是上位者，以及妖魔化哪怕是最温和的怀疑主义——会适得其反。因为这种政策只是强化了一种感觉，即整个价值体系——谁是高尚的，谁是卑贱的，什么算善良，什么算邪恶，真理和谎言的界限在哪里——是一个可怕的骗局。正是托马斯·莫尔爵士——莎士比亚塑造理查三世的形象时主要参考了他的作品——在近一百年前极为清楚地说明了这一点。莫尔在《乌托邦》中写道："当我想到现代社会盛行的任何一种社会制度时，我都不禁觉得——上帝保佑我！——这完全是富人的阴谋。"

莎士比亚找到了一种方式来讲出他想说的话。他设法让人站在舞台上，告诉两千名观众——其中有些是官方密探——"一条得势的狗也可以使人家唯命是从"。若犯了同样的罪，富人逍遥法外，而穷人却受到严厉的惩罚。他舞台上的人物继续说：

罪恶镀了金，
公道的坚强的枪刺戳在上面也会折断；
把它用破烂的布条裹起来，
一根侏儒的稻草就可以戳破它。

如果你在酒馆里说这样的话，你的耳朵很有可能被割掉。但这些话每天都在公共场合宣讲，警察并未接到告发信。为什么呢？因为说这些话的是发疯的李尔（四开本《李尔王》第四幕第五场 153、155～157 行）。

正如我们所看到的，莎士比亚一生都在反思社会分裂的方式。凭借对人性不可思议的敏锐洞察,以及任何煽动者都羡慕的修辞技巧,他巧妙地勾勒出这样一种人,这种人崛起于动荡的年代里,能激发人们最卑劣的本能,并能从同时代的人最深切的焦虑中谋取私利。在他看来,一个陷入党派政治严重分化的社会尤其容易受到欺骗性的民粹主义的伤害。总有一些煽动者和助力者,前者会激发暴君的野心,后者虽然意识到这种野心带来的危险,但他们认为自己能够成功地控制暴君并从他对既有制度的破坏中获利。

莎士比亚反复描绘了暴君掌权后国家的混乱局面,这些暴君通常没有执政能力,也没有发起建设性变革的远见。他认为,即使相对健康和稳定的社会也几乎无法避开那些残酷无情和肆无忌惮的人的破坏,也没有能力有效地对付那些表现得性情乖戾和非理性的合法统治者。

莎士比亚从未对落入暴君之手的社会所遭受的可怕后果避而不谈。麦克白治下苏格兰的一个人物哀叹道:

> 唉,可怜的祖国,
> 它简直不敢认识它自己。
> 它不能再称为我们的母亲,只是我们的坟墓;
> 在那边,除了浑浑噩噩、一无所知的人以外,
> 谁的脸上也不曾有过一丝笑容;
> 叹息、呻吟、震撼天空的呼号,
> 都是日常听惯的声音,不能再引起人们的注意;
> 剧烈的悲哀变成一般的风气。

(《麦克白》第四幕第三场 165~170 行)

莎士比亚也注意到，社会为了摆脱那些造成这种苦难的人，通常会经历暴力和不幸。但也并不是没有希望。他认为前进的道路不只是暗杀，在他看来，这是一种铤而走险的手段，它通常会触发它最想阻止的事情。相反，正如他在自己职业生涯即将结束时所设想的那样，最大的希望在于集体生活的完全不可预测性，在于社会拒绝跟着任何一个人的命令齐步走。无数不断起作用的因素使理想主义者或暴君（比如勃鲁托斯或麦克白）都不可能完全控制事态的进展，也不可能像麦克白夫人所梦想的那样在一瞬间"感觉到未来的搏动"（第一幕第五场56行）。

作为一个剧作家，莎士比亚显然接受了这种不可预测性。他的戏剧将多个情节交织起来，国王和小丑混杂在一起，经常违反一般的预期，并明显地将诠释权让给演员和观众。在这种戏剧实践中，有一种潜在的信任，即阶级和背景极其多样化、随机来到剧场的观众群体最终会领会戏剧的含义。莎士比亚的同时代人本·琼森曾经设想，应该允许观众根据他们票价高低来评价一部戏剧："人们可以用六便士、十二便士、十八便士、两先令、半个克朗来衡量他的座位的价值，这是合理的。"[1] 莎士比亚则有个明确的信念，即剧场里的每个人都有平等地发表意见的权利，而且无论这些看法多么纷杂，最终都将共同决定戏剧事业的成功或失败。

这一点也适用于《科利奥兰纳斯》，该剧描绘了城市如何侥幸从暴政中逃脱，这种逃脱有其错综复杂的原因：那个专制

---

[1] Ben Jonson, *Bartholomew Fair*, ed. Eugene M. Waith（New Haven: Yale University Press, 1963）, Induction, lines 78-80.

英雄心理的不稳定、他母亲的说服力、授予民众的有限政治权利、选民及他们选出的领导人的行为。这位剧作家知道，人们很容易对这些领导人冷嘲热讽，也很容易对那些信任他们的普通男女感到绝望。这些领导人缺乏良知、极易腐败；群众常常是愚昧无知、不领情、容易被蛊惑人心的政客误导，而且对自己真正的利益所在理解迟钝。在某些时段，有时甚至是在很长一段时间里，怀有最残忍动机的最卑鄙的人似乎是胜利者。但是莎士比亚相信，暴君和他们的帮凶最终会失败，被他们自己的邪恶和一种可以被压制但永远不会完全消失的大众精神打倒。他认为，恢复集体尊严的最佳机会在于普通公民积极采取政治行动。他从未忘记那些被胁迫为暴君呐喊助威，但固执地保持沉默的大众，没有忘记那个试图阻止邪恶的主人虐待囚犯的仆人，没有忘记要求经济平等的饥饿的市民。"没有人民，还有什么城市？"

致　谢

不久前（尽管感觉好像已经是一个世纪以前的事了），我坐在撒丁岛（Sardinia）的一个绿意盎然的花园里，表达了我对即将到来的选举的可能结果与日俱增的忧虑。我的历史学家朋友伯恩哈德·尤森（Bernhard Jussen）问我为此在做些什么。"我能做什么？"我问。"你可以写点什么。"他说。我就写了。

这就是本书的由来。然后，在大选证实了我最担心的事情之后，我的妻子拉米·塔尔戈夫（Ramie Targoff）和儿子哈里（Harry）在餐桌上倾听我对莎士比亚与我们现在所处的政治世界的奇特关联的思考，他们敦促我继续探讨这个话题。我便这样做了。

我要向极具才华的文学史家米沙·寺村（Misha Teramura）表示最诚挚的感谢，感谢他帮助我了解莎士比亚的《理查二世》和造成致命结果的埃塞克斯叛乱之间错综复杂的关系，并对我的章节做出了犀利而有益的回应。我也很感谢杰弗里·纳普（Jeffrey Knapp）对整部手稿慷慨又睿智的批评。尼古拉斯·乌茨格（Nicholas Utzig）和贝利·辛考克斯（Bailey Sincox）在我研究都铎王朝时期的叛国法和戏剧对暴政的再现方面有很大帮助。我的朋友、经常与我合作的教学伙伴卢克·梅纳德

（Luke Menand）和约瑟夫·科纳（Joseph Koerner）给了我很多的灵感，无论是在课堂上还是在课堂外。一如既往，我还要感谢很多人，其中包括霍华德·雅各布森（Howard Jacobson）、梅格·科尔纳（Meg Koerner）、托马斯·拉克尔（Thomas Laqueur）、西格丽德·劳辛（Sigrid Rausing）、迈克尔·塞克斯顿（Michael Sexton）、詹姆斯·夏皮罗（James Shapiro）和迈克尔·维特摩尔（Michael Witmore）。我与世界各地众多的莎士比亚学者结下了深厚的友谊，并从他们那里受益良多，其中包括（但不限于）F. 默里·亚伯拉罕（F. Murray Abraham）、赫里奥·阿尔维斯（Hélio Alves）、约翰·安德鲁斯（John Andrews）、奥利弗·阿诺德（Oliver Arnold）、乔纳森·贝特（Jonathan Bate）、肖尔·巴西（Shaul Bassi）、西蒙·拉塞尔·比尔（Simon Russell Beale）、凯瑟琳·贝尔西（Catherine Belsey）、大卫·伯杰龙（David Bergeron）、大卫·贝文顿（David Bevington）、玛利亚姆·贝亚德（Maryam Beyad）、马克·伯内特（Mark Burnett）、威廉·卡罗尔（William Carroll）、罗杰·沙蒂尔（Roger Chartier）、沃尔特·科恩（Walter Cohen）、罗西·科伦坡（Rosy Colombo）、布拉丁·科马克（Bradin Cormack）、乔纳森·克鲁（Jonathan Crewe）、布莱恩·卡明斯（Brian Cummings）、特鲁迪·达比（Trudy Darby）、安东尼·道森（Anthony Dawson）、玛格丽塔·德·葛拉齐亚（Margreta de Grazia）、玛丽亚·德尔·萨皮奥（Maria del Sapio）、乔纳森·多利莫尔（Jonathan Dollimore）、约翰·德拉卡基斯（John Drakakis）、凯瑟琳·艾格特（Katherine Eggert）、拉尔斯·恩格尔（Lars Engle）、卢卡斯·厄恩（Lukas Erne）、伊万·费妮（Ewan Fernie）、玛

丽·弗洛伊德-威尔森（Mary Floyd-Wilson）、英迪拉·高斯（Indira Ghose）、何塞·冈萨雷斯（José González）、苏珊娜·戈塞特（Suzanne Gossett）、休·格雷迪（Hugh Grady）、理查德·哈尔珀恩（Richard Halpern）、乔纳森·吉尔·哈里斯（Jonathan Gill Harris）、伊丽莎白·汉森（Elizabeth Hanson）、宏田敦宏（Atsuhiro Hirota）、外间瑞玛（Rhema Hokama）、彼得·霍兰德（Peter Holland）、让·霍华德（Jean Howard）、彼得·休姆（Peter Hulme）、格伦·哈钦斯（Glen Hutchins）、格蕾丝·伊波波罗（Grace Ioppolo）、法拉赫·卡里姆-库珀（Farah Karim-Cooper）、大卫·凯斯坦（David Kastan）、胜山孝之（Takayuki Katsuyama）、菲利帕·凯利（Philippa Kelly）、于进高（Yu Jin Ko）、保罗·科特曼（Paul Kottman）、托尼·库什纳（Tony Kushner）、弗朗索瓦·拉罗克（François Laroque）、乔治·洛根（George Logan）、茱莉亚·勒普顿（Julia Lupton）、劳里·马奎尔（Laurie Maguire）、劳伦斯·曼利（Lawrence Manley）、利亚·马库斯（Leah Marcus）、凯瑟琳·莫斯（Katharine Maus）、理查德·麦科伊（Richard McCoy）、戈登·麦克马伦（Gordon McMullan）、斯蒂芬·穆兰尼（Stephen Mullaney）、凯伦·纽曼（Karen Newman）、佐莉卡·尼科里奇（Zorica Nikolic）、斯蒂芬·欧高（Stephen Orgel）、盖尔·帕斯特（Gail Paster）、路易斯·波特（Lois Potter）、彼得·普拉特（Peter Platt）、理查德·威尔逊（Richard Wilson）、玛丽·贝丝·罗斯（Mary Beth Rose）、马克·里朗斯（Mark Rylance）、伊丽莎白·萨梅特（Elizabeth Samet）、大卫·沙尔克维克（David Schalkwyk）、迈克尔·舍恩菲尔德（Michael Schoenfeldt）、迈克尔·塞克斯顿（Michael

Sexton)、威廉·谢尔曼（William Sherman）、黛博拉·舒格（Debora Shuger）、詹姆斯·西蒙（James Siemon）、詹姆斯·辛普森（James Simpson）、昆廷·斯金纳（Quentin Skinner）、艾玛·史密斯（Emma Smith）、蒂芙尼·斯特恩（Tiffany Stern）、理查德·斯特里尔（Richard Strier）、霍尔格·肖特（Holger Schott）、霍尔格·肖特·塞米（Holger Schott Syme）、戈登·特斯基（Gordon Teskey）、艾安娜·汤普森（Ayanna Thompson）、斯坦利·威尔斯（Stanley Wells）、本杰明·伍德林（Benjamin Woodring）和大卫·伍顿（David Wootton）。当然，书中所有的错误都是我的责任。

奥布里·埃弗雷特（Aubrey Everett）是一位很有天赋、体贴周到、高效的助手。诺顿出版社目光敏锐的编辑唐·里夫金（Don Rifkin）提出了许多有价值的建议，贝利·辛考克斯（Bailey Sincox）也是如此。借此机会我再次向吉尔·尼里姆（Jill Kneerim），我所能想象到的最好的经纪人，以及阿兰·梅森（Alane Mason），我所能想象到的最好的编辑，表达深深的谢意。我已经感谢过我的妻子拉米·塔尔戈夫在促成本书中所起的作用。最后我要表达对她的爱，以及对支持我的可爱家人的爱。

索 引

(索引中页码为原书页码,即本书页边码)

abdication, 18
absolutism, 3, 48, 50–51, 54, 59, 67, 96–97, 113–14, 123–24, 178–79, 183–85, 193n–94n
Adam, 44
adultery, 29-30, 123–36
advisers, 124–25, 127, 130, 135, 172
Afghanistan, 26
agents provocateurs, 10–11
aggression, 24–25, 28–31, 53–54, 155, 162, 164-65, 173–75
agriculture, 156–57, 158, 159–62
Albany, Duke of, 115, 120, 140–43
allies, 66–83, 85–90, 102, 113, 179–80, 186
altruism, 140, 149-50, 152
ambition, 35, 53–54, 58, 59–60, 66, 67–69, 74, 76, 80–81, 83, 84, 98–100, 106, 146–47, 150–51, 186
Angelo, 3
anger, 28–29, 34, 39, 47, 50, 87, 96, 115–17, 121–22, 123, 125, 128, 129, 142, 147, 166, 177–78, 181–82
Anne Neville, Queen of England, 64, 76–77, 80–81, 85, 89
Antigonus, 128, 130, 131
Antium, 179, 181

Antony, 88, 152, 153
Antony and Cleopatra (Shakespeare), 13
anxiety, 97–98, 103, 186
Apollo, 127, 133, 134
arbitrary rule, 2, 127
aristocracy, 24–29, 32–34, 38, 45–46, 58, 85, 114, 157–62, 167–68
arrests, 2–3, 184
arrogance, 2, 53, 58, 170, 175–77
assassinations, 6, 7, 9–11, 16, 18–21, 69–73, 96, 151–54, 182, 187
attendants, 98, 101
audience, 15, 18, 20–21, 39, 43–44, 52, 57, 82–83, 134–35, 137, 144, 184–86, 188
Aufidias, Tullius, 179, 181
authoritarianism, 3, 113–14, 123–24, 178–79, 183–85, 193n–94n
authority, 58, 96–97, 129–30
autocrats, 113–14, 123–24

Babington, Anthony, 10–11, 13
Bacon, Francis, 193n–94n
Ball, John, 44–45
banishment, 18, 139, 147, 169, 176–79
Banquo, 101–4, 106–7

bastards, 129, 140–41
battle scars, 163–64, 168, 171, 176
breast-feeding, 163
Beaufort, Cardinal, 30, 33
beheadings, 11, 77–79
"benefit of clergy," 43–44
betrayal, 2–3, 10–11, 16–17, 21–23, 30, 41–42, 67–73, 77–79, 84, 88, 92–93, 97–100, 121–22, 131–35, 143–44, 177–82, 184–85, 193n
bin Laden, Osama, 11
Birnam Wood, 111
Blackheath, 37
Boétie, Étienne de La, 68
Bohemia, 14, 123
Bolingbroke, Henry, see Henry IV, King of England
"Bond of Association," 10–11
Bosworth Field, Battle of, 92–95
Brabantio, 62
Brakenbury, Robert, 76
Brownists, 12
Brutus (Coriolanus), 169–71, 173
Brutus (Julius Caesar), 93, 148–54, 188
Buchanan, George, 1
Buckingham, Duke of, 68, 75, 77–78, 85–88, 102, 139–40, 146
bullies, 54, 66–67, 99, 166, 182
Burbage, Richard, 82
bureaucracies, 128, 185, 186–87

Cade, Jack, 3, 36–50, 160
Caesar, Julius, 3, 88, 147–54
Cambodia, 45
Camillo, 123, 124–25, 126, 128, 131, 133
capital punishment, 11, 16–17, 23, 43–44, 68, 69–73, 77–80, 88–89, 139–40, 157, 169, 175, 183–84, 185

career politicians, 169, 182
Cassius, 88, 148, 150, 151, 152, 154
Catesby, 68, 74, 75, 85, 86, 89–90, 92
Catholic Church, 6–15, 183, 193n
Cecil, Robert, 16–17, 18
censorship, 13, 183–85
chaos, 47–48, 59, 186–87
childbirth, 110, 125
childhood, 55–57, 62–65, 168
children, 55–57, 62–65, 66, 69, 77, 85–88, 89, 125, 165–66, 168
Christianity, 5, 6–15, 183, 193n
Cicero, 151
citizens, 77–78, 160–61, 172, 182
"city comedies," 13–14
civilization, 165–66, 173–74, 186–87
civil war, 24–27, 33–34, 47–53, 55, 93–94, 174–75
Clarence, George, Duke of, 52, 60, 64, 69–73, 76–77
class conflict, 34, 43–46, 155–62, 167–70, 177–79
clerks, 40–41
code, 3, 10
Cominius, 180
command performances, 17–23
commodity trading, 184–85
common good, 53–54, 149–50, 172–73, 178, 187–88
common lands, 156
common people, 143–46, 157–62, 167–69, 177–79, 188–89
commonwealths, 18, 28, 178
complicity, 1–2, 66–83, 85–90, 102, 113, 179–80, 186
compromise, 25–26, 101, 153, 166–68, 180
confessions, 17, 41, 78
confidence men, 60–61
consent, 85–88

conservatism, 160–62, 173
conspiracies, 9–12, 15–23, 30–31, 33, 77–80, 97–100, 125–27, 128, 141, 151–52, 182, 188
constables, 156
consuls, 167, 169, 170–74, 177–78
contracts, 40
Cordelia, 115, 116–17, 118, 122–23, 140–44
Coriolanus (Shakespeare), 3, 13, 119, 155–82, 188–89
Coriolanus, Caius Martius, 3, 119, 155–82, 188–89
Corioles, 159
Cornwall, Duke of, 115, 120, 140, 141, 143–45
corruption, 18, 30, 31–32, 84
coups d'état, 15–23
courtiers, 130, 135
see also royal courts
court records, 45
cowards, 26, 124, 158
crime, 8, 9, 32, 85–88, 91, 107–8, 113, 132
criminality, 85–88, 107–8, 113
Cromer, James, 45–46
cruelty, 45–46, 48, 53, 61, 66, 68, 142, 166, 189
Cupid, 194*n*
current events, 3–4, 13–14, 21–23, 155–57, 183–89, 193*n*–95*n*
Cymbeline (Shakespeare), 5
cynicism, 54, 61, 66, 68

death penalty, 11, 16–17, 23, 43–44, 68, 69–73, 77–80, 88–89, 139–40, 157, 169, 175, 183–84, 185
decency, 50, 124, 131, 141, 165–66
deception, 37–38, 40, 60–61, 63, 66, 67, 69, 76, 77–79, 84, 85–88, 100–101, 131, 175–77

Declaration of the Practises and Treasons... by Robert Late Earle of Essex (Bacon), 194*n*–95*n*
deformities, 55–57, 59, 60, 65, 75, 94–95, 96
Dekker, Thomas, 194*n*
Delphos, 127, 133
delusions, 50, 72, 84, 108, 117–18, 119, 124, 133, 165–66
demagogues, 35–52, 151–54, 170, 186, 188–89
democracy, 48, 151–54, 168–74, 176, 178, 182, 183
deniability, 18–19
destructiveness, 54, 57, 103–4, 134–35
dictators, 39–40, 48, 68
diplomacy, 85
displacement, 13–14
distrust, 100–101, 123–25, 142
divine power, 57
Dorset, 138
double agents, 10–11
Dover, 144, 145
drama, 13, 17–23, 24, 68–69, 92–93, 95, 137, 183–89
dreams, 71–73, 75, 85, 92, 105–6, 108
Duncan, 96, 101, 103–4, 110
Dunsinane, 111
dynasties, 38, 40, 48–50, 55

Edgar, 141, 142
Edmund, 122, 140–41, 142, 145
education, 40–44, 45
Edward III, King of England, 33, 195*n*
Edward IV, King of England, 49–50, 57–59, 63, 64, 70, 89, 146
Edward V, King of England, 85–88
Egeus, 62
elderly, 113–23

elections, 4, 14, 39–40, 76–77, 80, 167, 169, 170–74, 176, 185
Elizabeth I, Queen of England, 2, 5–23, 77, 183, 193n–94n
Elizabethan drama, 13, 17–23, 24, 68–69, 92–93, 95, 137, 183–89
Elizabeth Woodville, Queen Consort of England, 64, 138
Ely, Bishop of, 75
emotional control, 96–97
empathy, 166
enablers, 1–2, 66–83, 85–90, 102, 113, 186
enclosures, 156
enemies, 24–25, 28–31, 48, 54, 73–79, 85, 94–95, 98, 102, 137–38, 151–54, 163, 179–80
entitlement, 53–54, 105, 108, 117–18, 119, 124, 165–66
Ephesus, 14
Epicurus, 151
"equivocation," 7
Essex, Robert Devereux, Earl of, 15–23, 194n–95n
Eve, 44
excommunication, 9
executions, 11, 16–17, 23, 43–44, 68, 69–73, 77–80, 88–89, 139–40, 157, 169, 175, 183–84, 185
exile, 118, 139, 147, 169, 176–79
Exton, 19–20
extrajudicial murder, 77–79
extremism, 6–15

factions, 16, 24–34, 47–52, 160–62, 167–82, 186
fame, 162–64
family, 48–49, 62, 69–71, 85, 115–16, 119
famine, 159–62, 172–73

father-daughter relationships, 115–23, 127–33, 135, 141–42
father-son relationships, 62, 163
Father Time, 134–35
fear, 66–67, 96–98, 100–101, 103, 106–7
fees, 18, 23
Felton, John, 183
feudalism, 26, 145
financial regulations, 159–60
fiscal policies, 157–58
flattery, 114, 119–20
Flavius, 147
Fleance, 102–3, 104, 106
folio versions, 79–80, 193n
food shortages, 156–62, 172–73
Fool, 118–19
foreign rivalries, 41–42
France, 6, 14–15, 20, 29, 41–42, 46, 47, 49, 140, 143–44, 183
freedom, 1, 44–45, 148–49, 153–54
friendships, 102, 150–51

gallows, 44
Gandhi, Mohandas K., 68
genetic studies, 93–94
Gerard, John, 193n
ghosts, 106–7, 154
Globe Theatre, 17–23
Gloucester, Earl of, 62, 114, 141, 144, 145
Gloucester, Richard, Duke of, see Richard III, King of England
God, 7, 9, 57, 138–39, 185
Goneril, 115, 116–19, 120, 140, 141, 145
Goths, 138
governance, 1–2, 11, 85, 116, 155, 176–77, 186–87
grain hoarding, 156, 159–61
grandeur, delusions of, 108, 117–18, 119, 124, 165–66

Great Britain:
　Cade rebellion in, 3, 36–50, 160
　civil war in, 24–27, 33–34,
　　47–52
　economic conditions in, 35–36,
　　37, 40
　Elizabethan period of, 2, 5–23,
　　77, 183, 193n–94n
　Essex insurrection in, 15–23,
　　194n–95n
　food shortages in, 156–57
　foreign rivalries of, 41–42
　legal statutes in, 2–3, 21, 43–44
　Midlands of, 156–57
　monarchy of, 113–16, 140–44;
　　see also specific monarchs
　nobility in, 24–29
　Parliament of, 26, 30, 39–40,
　　116, 182
　peasant's revolts in, 36–50,
　　156–57
　pre-Christian, 5, 14
　Protestantism in, 6–15, 183
　royal court of, 16–17, 24–25, 28,
　　74, 114–16, 130–31
　Tudor period of, 55
　Wars of the Roses in, 24–30,
　　33–37, 47–53, 55, 93–94
Greece, 14, 150
Gregory XIII, Pope, 9
grief, 69, 141–42
guilt, 71, 100–101

halberds, 94
Hamlet, 68, 82, 93, 150
Hamlet (Shakespeare), 68, 150
hangings, 11, 23, 43–44, 157, 175
harvests, 155–56
Hastings, Lord, 68, 73–79
hatred, 62–65, 80–82, 85, 138
Henry IV, King of England, 18–20
Henry IV, Part 1 (Shakespeare), 62

Henry IV, Part 2 (Shakespeare), 4,
　28, 62
Henry V, King of England, 14–15,
　17, 20
Henry V (Shakespeare), 13, 14–15,
　17, 20, 22, 194n
Henry VI, King of England, 24–34,
　47, 49–53, 55, 63–64, 77, 80
Henry VI, Part 1 (Shakespeare),
　24–34, 53, 62
Henry VI, Part 2 (Shakespeare),
　24–34, 53, 58–59, 62
Henry VI, Part 3 (Shakespeare),
　24–34, 47–50, 53, 55, 56, 57,
　60, 62
Henry VIII, King of England, 2, 132
hereditary monarchies, 76–77
heresy, 9, 183–85
Hermione, 123–36
heroes, 145–46
historical events, 3–4, 5, 13–14, 21,
　55, 76, 155–56
History of King Richard III, The
　(More), 76
Homeland, 13
"Homilies on Obedience," 185
hope, 88–89, 98, 102, 105, 110,
　118, 141, 165, 187
horses, 94, 139, 157
hostages, 139–40
*How Shakespeare Put Politics on the
　Stage* (Lake), 194n
humiliation, 94, 111–12
humiliation injuries, 94
humor, 54, 61, 66, 68, 81–82, 84
Humphrey, Duke, 24–25, 28, 30–
　32, 33, 35, 47
hypocrisy, 31–32

ideals, 152–53, 188
ideology, 174
Ides of March, 152

illiteracy, 40–44, 45, 78–79, 85
Illyria, 14
imaginary figures, 3
immorality, 2, 53, 56–57, 60, 71, 81–82, 96–97, 100, 105–6, 108, 189
"imperial votress," 194*n*
impotence, 98–99
imprisonment, 2–3
income disparities, 159–60
indignation, 132–33
Induction (*Henry IV, Part 2*) (Shakespeare), 4
informants, 3, 74-75
inheritance, 115–17
innocence, 29–30, 63, 66, 104, 110, 120, 132-33, 135
Inns of Court, 39
institutions, 5, 27–28, 39–41, 116, 131–32, 173–74, 186–87
intelligence, 54, 61, 64–65, 66, 68, 106–7
interrogations, 143–46, 193*n*
Ireland, 15–16, 20, 47
Isle of Dogs, The (Nashe and Jonson), 2–3
isolation, 92–93, 96, 109–10, 142, 150

James I, King of England, 183
jealousy, 132–35
Jesuits, 8–9, 12
Jonson, Ben, 2–3, 184, 188
Julius Caesar (Shakespeare), 3, 88, 147–54
justice, 41–44, 131–34, 152–53, 189
justices of the peace, 43

Keeper of the Rolls and Records, 22
Kent, Earl of, 115, 117, 118, 121, 147, 156–57

King Lear (Shakespeare), 5, 32, 62, 113–23, 127, 140–46, 147, 186
Kremlin, 178
Kyd, Thomas, 184
kyphosis, 56

Lake, Peter, 194*n*
Lambarde, William, 22
Lancastrians, 24–27, 33–34, 47–53, 55, 93–94
landlords, 156–57
lawyers, 39–40, 45
leadership, 35, 39, 50, 85, 128, 138, 142–43, 188–89
Lear, King, 62, 113–23, 140–46, 186
legal documents, 77–79
legal standards, 2–3, 19, 21, 25, 27, 39–44, 45, 47, 53, 77–79, 118, 143–45, 193*n*–94*n*, 195*n*
legal statutes, 2–3, 21, 43–44
legitimacy, 24–27, 33–34, 47–53, 55, 93–94, 101, 113
Leicester, 93–94
Leicester, University of, 94
Leicestershire, 156
Leonato, 62
Leontes, King, 3, 123–36
liberty, 1, 44–45, 148–49, 153–54
lies, 37–38, 40, 60–61, 63, 66, 67, 69, 76, 77–79, 84, 85–88, 100–101, 131, 175–77
Lieutenant of the Tower, 76
life imprisonment, 17
literacy, 40–44, 45, 78–79, 85
London, 11, 14–15, 20, 37, 39, 41–42, 77–80, 85, 184–85
loneliness, 92–93, 96, 109–10, 142, 150
Lord Chamberlain's Servants, 17–23
Lord Keeper, 11
Lord Mayor, 77–80, 85

Lord Protector, 24–25, 28, 30–32, 33, 35, 47
love, 33, 50, 56-58, 62, 72, 81, 92-93, 99, 101, 110, 114-15, 120, 135, 140, 147
Lovell, Francis, 75
lower classes, 33, 34, 35–52, 76
loyalty, 53, 85–88, 97, 116–17, 118, 123–24, 139–40, 178–82
Lucius, 138

Macbeth, 3, 93, 96–112, 113, 140, 187, 188
Macbeth, Lady, 98–100, 103–4, 107–9, 188
Macbeth (Shakespeare), 3, 5, 93, 96–112, 113, 139, 140, 142, 143, 187, 188
Macduff, 108, 109, 111–12, 140, 142
madness, 106–7, 109, 113–36, 147, 186, 187
Malcolm, 139, 140, 143
Mamillius, 125, 128, 134, 136
manhood, 99, 176
Manningham, John, 82
Margaret, Queen of England, 29, 30, 33, 49, 50, 63–64
marketplaces, 171–72, 176
Marlowe, Christopher, 184
marriage, 49, 80, 89, 91–92, 103–4, 107–9
martyrs, 124
Mary, Queen of Scots, 8, 10, 11, 13
masochism, 176
massacres, 162
mass media, 94, 95
maturity, 115–16, 165–66
Measure for Measure (Shakespeare), 3
Menenius Agrippa, 160, 163–64, 170, 174, 179–80
mental instability, 106–7, 109, 113–36, 147, 186, 187

Meyrick, Gelly, 17–23, 194*n*–95*n*
Midas, 13
Midland Revolt (1607), 156–57
Midsummer Night's Dream, A (Shakespeare), 62, 194*n*
midwives, 55–56, 61
military abilities, 14–15, 91–98, 111–12, 122–23, 138–39, 140–42, 155–82
minor characters, 12–13, 143–46, 189
misogyny, 92, 99
mob rule, 33, 34, 35–52, 76, 147–48, 151–54, 157–62, 167–84, 186, 188–89
monarchies, 1–12, 14, 18–20, 24, 28, 29–30, 33, 38, 48–51, 59–60, 62, 66, 69–71, 74, 76–77, 86, 102–3, 110, 113–23, 134–35, 139, 140–46, 148, 183–85, 186, 193*n*–95*n*
see also specific monarchs
moneylending, 184–85
Montaigne, Michel Eyquem de, 68
moral values, 2, 28–29, 47, 53, 56–57, 60, 71, 81–82, 96–97, 100, 105–6, 108, 143–45, 148–53, 165–66, 189
More, Thomas, 55, 76, 185
mortal sin, 9
mother-son relationships, 62, 162–65, 174–75, 180–81, 188–89
motivation, 99–100, 150, 176, 189
"mouth-honor," 110–11, 114–15, 138
Much Ado About Nothing (Shakespeare), 62
murder, 9–10, 18–21, 30–31, 33, 43–46, 53, 59–60, 63, 68, 69–73, 76–80, 85–89, 97–98, 100–105, 110, 138, 139, 140–41
Murellus, 147

narcissism, 53–54, 105, 108, 117–18, 119, 124, 165–66
Nashe, Thomas, 2–3, 184
national security, 13, 76
nativism, 46
Nazi Germany, 139
neonatal teeth, 55
Netherlands, 6
neutrality, 25–26
nightmares, 71–73, 75, 85, 92, 105–6, 108
nobility, 24–29, 32–34, 38, 45, 58, 114
Norfolk, Duke of, 75, 89
Normandy, 42
Northamptonshire, 156
Notes upon a Libel (Bacon), 193*n*–94*n*

obedience, 3–4, 46, 53, 58, 66–67, 68, 75, 85–88, 89, 97, 113–16, 121–22, 138, 165, 185
Oberon, 194*n*
oblique language, 2–23, 183–89
omens, 73–74, 101, 151
O'Neill, Hugh, Earl of Tyrone, 15–16
oracles, 127, 133, 134
order, 47–48, 59, 156–57, 186–88
Othello (Shakespeare), 62

pamphlets, 183
papacy, 8–9, 183
papal bulls, 183
Parliament, British, 26, 30, 39–40, 116, 182
parricide, 139
patricians, 157–62, 167–70, 177–79
patriotism, 3–4, 14–15, 50
Paulina, 125, 127–33, 135
peace treaties, 180–81
peasant revolts, 36–50, 156–57
Perdita, 131

Perrot, John, 11
Philippi, Battle of, 154
physical deformities, 55–57, 59, 60, 65, 75, 94–95, 96
piety, 76
pillories, 11
Pius V, Pope, 9
Plantagenet dynasty, 38, 40
playhouse receipts, 184–85
plebians, 157–62, 167–69, 177–79
plots, 9–12, 15–23, 30–31, 33, 77–80, 97–100, 125–27, 128, 141, 151–52, 182, 188
Plutarch, 155
plutocrats, 167–70
police, 186
political factions, 16, 24–34, 47–52, 160–62, 167–82, 186
politics (current events), 3–4, 13–14, 21–23, 155–57, 183–89, 193*n*–95*n*
Polixenes, 123, 126, 128, 133, 134
Pol Pot, 45
Pompey, 147
popular celebrations, 14–15
popularity, 3–4, 15, 18, 20–21, 113–14, 184–86
populism, 33, 34, 35–52, 76, 147–48, 151–54, 157–62, 167–84, 186, 188–89
Portia, 152
poverty, 35–36, 37, 40, 45, 156–59, 167, 168–69, 172–73, 186
power:
    absolute, 3, 48, 50–51, 54, 59, 67, 96–97, 178–79, 183–85, 193*n*–94*n*
    divine, 57
    limitations of, 24, 28, 29–30, 39–40, 50–51
    political, 30–32, 34, 39–43, 47–48

seizure of, 28, 34, 84–95, 172
territorial, 120–21
trust and, 31–32, 67, 69–73, 100–101, 123–25, 142
vacuum in, 24–25
prayers, 138–39
Prerogative of Parlaments [sic] *in England, The* (Ralegh), 194*n*
price levels, 156
"priests' holes," 10
prisons, 14, 17, 45, 122–23, 127, 131–32, 140, 184, 189
Privy Council, 16, 23, 116
propaganda, 20, 101
property, 156–57, 158
prophesies, 96–97, 99, 101, 108
Prospero, 62
protective detention, 8
Protestantism, 6–15, 183
psychopathology, 1–2, 55, 56, 58–61, 64–65, 67, 73, 92–93, 96–97, 98, 100, 101, 102–36, 154, 162–66, 175–76, 182
public figures, 4, 14, 38–40, 47–48, 76–77, 80, 167, 169, 170–74, 176, 185
public good, 53–54, 149–50, 178, 187–88
public health, 173
punishment, 143–46, 183–85, 189, 193*n*
Puritans, 12, 183

quarto versions, 56, 79–80, 83, 193*n*

radiocarbon dating, 93–94
rage, 28–29, 34, 39, 47, 50, 54, 87, 96, 115–17, 121–22, 123, 125, 128, 129, 142, 147, 166, 177–78, 181–82
Ralegh, Walter, 12, 16, 18, 194*n*

Rape of Lucrece, The (Shakespeare), 15
Ratcliffe, Richard, 75, 85, 89–90, 92
real estate, 184–85
realism, 137–38, 150, 184–85
rebellions, 3, 15–23, 36–50, 156–57, 160
reconciliation, 137, 140–46
Reformation, 8–9
Regan, 115, 116–19, 120, 140–41, 143, 144–45
regents, 29–30
see also monarchy
religion, 5, 6–15, 57, 76, 135–39, 183–84, 185, 193*n*
Renaissance, 144
repentance, 135–36
republicanism, 151–54
resistance, 68, 132–33, 137, 139–40, 146–54, 172, 180, 189
responsibility, 115–16, 165–66
revenge, 128, 131, 132–33
Reynolds, John ("Captain Pouch"), 156–57
rhetoric, 42–43
Richard II, King of England, 18–21
Richard II (Shakespeare), 13, 17–23, 143
Richard III, King of England, 3, 5, 51, 52, 53–95, 96, 101, 106, 110, 113, 119, 138–40, 185
Richard III (Shakespeare), 3, 5, 13, 52, 53–95, 96, 110, 106, 110, 113, 119, 138–40, 142, 146, 185
Richmond, Earl of, 92, 138–39, 140, 143
"right-hand file," 157, 162, 167
rituals, 114
rivals, 54, 74, 84, 85–88, 94–95, 96, 101, 102–4, 138–39
romances, 137

Rome, 14, 138, 147–82
Romeo, 82
Ross, Thane of, 107
royal courts, 16–17, 24–25, 28, 74, 114–16, 130–31
Rumor, 4
rumors, 4, 11, 12–13
Russia, 178
ruthlessness, 85–90, 140–41
Rutland, Duke of, 62

safety net, 172–73
sarcasm, 54, 61, 66, 68
Saturninus, 3
Saye, Lord, 41–46
scaffolds, 17
Scotland, 3, 5, 8, 14, 101, 139, 187
scribes, 40–41, 78–79, 85
sedition, 2–3, 184–85, 193n–95n
seduction, 81–82
self-control, 115–16, 165–66
self-image, 53–54, 57, 58, 61, 64–65, 92, 96, 103, 105, 108, 110–11, 117–20, 121–22, 124, 150, 162–66, 175–76
self-interest, 1–2, 74–75, 87–88, 153–54, 168–69
selfishness, 53–54, 105, 108, 117–18, 119, 124, 165–66
self-reflection, 92-93, 150
self-reliance, 172–73
Senate, Roman, 167–73, 178
senility, 123
servants, 143–46, 189
sexual predators, 54, 57–58, 60–61, 80–81, 91–92, 96, 98–99
Shakespeare, William:
    audience of, 15, 18, 20–21, 39, 43–44, 52, 57, 82–83, 134–35, 137, 144, 184–86, 188
    career of, 92–93, 123, 137–38, 147, 186–88
    collaborations of, 24
    death of, 80
    as dramatist, 13, 17–23, 24, 68–69, 92–93, 95, 137, 183–89
    legends about, 82
    oblique language of, 2–23, 183–89
    political convictions of, 17–18, 22–23, 150, 183–89
    popularity of, 3–4, 15, 18, 20–21, 113–14, 184–86
    as realist, 137–38, 150, 184–85
    religious background of, 9, 183–84
    theater companies of, 13, 17–23, 184–85
    tyrants as viewed by, 1–2, 43, 52, 53–65, 87, 92–93, 95, 96, 103, 105, 110–11, 137–38, 147, 150, 151–54, 183–89
    wealth of, 18, 23, 184–85
Shakespeare, William, plays of:
    acting in, 80–83, 142–43
    audience for, 15, 18, 20–21, 39, 43–44, 52, 57, 82–83, 134–35, 137, 144, 184–86, 188
    characterization in, 35, 53–65, 92–93
    command performances of, 17–23
    court performances of, 22–23
    current events (politics) in, 3–4, 13–14, 21–23, 155–57, 183–89, 193n–95n
    father-daughter relationships in, 115–23, 127–33, 135, 141–42
    father-son relationships in, 62, 163
    fees for, 18, 23
    folio versions of, 79–80, 193n
    foreign locations of, 14

heroes in, 145–46
historical, 3–4, 5, 13–14, 21, 55, 76, 155–56
imaginary figures in, 3
interior dialogue in, 92–93
legal restrictions on, 2–3
military action in, 14–15, 92–95, 111
minor characters in, 12–13, 143–46, 189
modern reading of, 20
mother-son relationships in, 62, 162–65, 174–75, 180–81, 188–89
nobility depicted in, 24–29, 45–46
popular success of, 3–4, 15, 18, 20–21, 113–14, 184–86
quarto versions of, 56, 79–80, 83, 193n
romances in, 137
Scottish chronicles in, 3, 5, 14
soliloquies in, 61, 92–93
sources for, 3, 5, 14, 155
subversive ideas in, 2–3, 184–89
as tragedies, 141–42
truth as subject of, 2, 3, 25, 37–38, 80–81, 133, 134–35
shame, 63–65
Shoemaker's Holiday, The (Dekker), 194n
Shore, Jane, 70
Shrewsbury, Earl of, 156–57
Sicilia, 123–24, 130, 134
Sicily, 14
Sicinius, 169–71, 174
sieges, 158
single combat, 94–95
skeletons, 93–94
skeptical philosophers, 151
slander, 76, 193n
sleepwalking scene, 109

society:
aggression in, 24–25, 28–31
agricultural, 156–57, 158, 159–62
aristocratic, 24–29, 32–34, 38, 45–46, 58, 85, 114, 157–62, 167–68
authoritarian, 3, 113–14, 123–24, 178–79, 183–85, 193n–94n
betrayal and treason in, 2–3, 10–11, 16–17, 21–23, 30, 41–42, 77–79, 97–100, 121–22, 131–35, 143–44, 177–82, 184–85, 193n
breakdown of, 27–28, 47–48, 59, 165–66, 186–87
bureaucracies in, 128, 185, 186–87
chaos in, 47–48, 59, 186–87
civic loyalty in, 181–82
civilized, 165–66, 173–74, 186–87
civil war in, 24–27, 33–34, 47–53, 55, 93–94, 174–75
class conflict in, 34, 43–46, 155–62, 167–70, 177–79
common good of, 53–54, 149–50, 172–73, 178, 187–88
common people in, 143–46, 157–62, 167–69, 177–79, 188–89
compromise in, 25–26, 101, 153, 166–68, 180
consensus in, 101
corruption in, 18, 30, 31–32, 84
crime in, 8, 9, 32, 85–88, 91, 107–8, 113, 132
democratic, 48, 151–54, 168–74, 176, 178, 182, 183
existential conditions in, 110–11
feudal, 26, 145
foreign relations of, 12

society (*continued*)
  freedom in, 1, 44–45, 148–49, 153–54
  government in, 1–2, 11, 85, 116, 155, 176–77, 186–87
  ideals of, 152–53
  institutions of, 5, 27–28, 39–41, 116, 131–32, 173–74, 186–87
  leadership in, 35, 39, 50, 85, 128, 138, 142–43, 188–89
  legal standards of, 2–3, 19, 21, 25, 27, 39–44, 45, 47, 53, 77–79, 118, 143–45, 193*n*–94*n*, 195*n*
  literacy in, 40–44, 45, 78–79, 85
  lower classes of, 33, 34, 35–52, 76
  monarchical, 1–12, 14, 18–20, 24, 28, 29–30, 33, 38, 48–51, 59–60, 62, 66, 69–71, 74, 76–77, 86, 102–3, 110, 113–23, 134–35, 139, 140–46, 148, 183–85, 186, 193*n*–95*n*
  moral standards of, 2, 28–29, 47, 53, 56–57, 60, 71, 81–82, 96–97, 100, 105–6, 108, 143–45, 148–53, 165–66, 189
  neutrality in, 25–26
  order and stability in, 47–48, 59, 156–57, 186–88
  plutocrats, 167–70
  political factions in, 16, 24–34, 47–52, 160–62, 167–82, 186
  populism (mob rule) in, 33, 34, 35–52, 76, 147–48, 151–54, 157–62, 167–84, 186, 188–89
  poverty in, 35–36, 37, 40, 45, 156–59, 167, 168–69, 172–73, 186
  rebellions in, 3, 15–23, 36–50, 156–57, 160
  religion and, 5, 6–15, 57, 76, 135–39, 183–84, 185, 193*n*
  republican, 151–54
  safety net for, 172–73
  self-interest in, 1–2, 74–75, 87–88, 153–54, 168–69
  totalitarian, 3, 39–40, 48, 68, 178–79, 183–85, 193*n*–94*n*
  violence in, 7–8, 76, 159–60
  wealth distribution in, 12, 54, 67, 81, 89, 115–17, 157–62, 167–73, 185, 189
sociopaths, 155
soldiers, 158
soliloquies, 61, 92–93
Somerset, Duke of, 24–30
Southampton, Earl of, 15
Soviet Union, 4
Spain, 10–11, 12
Spanish Armada, 11, 12
speech, freedom of, 2–3, 118–19, 183–85
spies, 7–15, 138, 193*n*–94*n*
spiritual renewal, 135–36
stability, 47–48, 59, 156–57, 186–88
Stafford, Humphrey, 44
Stalin, Joseph, 132
Stanley, Lord, 73–74, 85, 139–40
Star Chamber, 11
starvation, 159–60, 172–73
Statutes of the Realm, 195
stoicism, 151–52
strategy, 35–37, 84–85, 88–90, 96–112
Stubbs, John, 183
subterfuge, 13–14
subversion, 2–3, 184–89
succession, royal, 11–12, 14, 18, 76–77, 102–3, 135
Suffolk, Marquess of, 29, 31, 33
suicide, 148–49, 154
survival, 60–61, 63, 113, 155
suspicion, 100–101, 108, 123–25, 142

Talbot, John, 50
taxation, 159–60
territories, 120–21
terror, 6–15, 106–7
terrorism, 6–15
theater companies, 13, 17–23, 184–85
theaters, 184–85
theft, 43–44
Titus Andronicus, 138
Titus Andronicus (Shakespeare), 3, 138, 139
Topcliffe, Richard, 193*n*
torture, 143–46, 184, 189, 193*n*
totalitarianism, 3, 39–40, 48, 68, 178–79, 183–85, 193*n*–94*n*
Tower of London, 22, 69–73
tragedies, 141–42
treason, 2–3, 10–11, 16–17, 21–23, 30, 41–42, 77–79, 97–100, 121–22, 131–35, 143–44, 177–82, 184–85, 193*n*
trials, 11, 16–17, 76, 132–35
tribunes, 157–58, 167–80
"trickle-down" economics, 161
trust, 31–32, 67, 69–73, 100–101, 123–25, 142
truth, 2, 3, 25, 37–38, 80–81, 133, 134–35
Tudor dynasty, 55
tyrannicides, 64, 92–95, 145, 151–54
tyrants:
　as action-oriented, 150, 189
　administration for, 85, 186–87
　advisers of, 124–25, 127, 130, 135, 172
　ambition of, 35, 53–54, 58, 59–60, 66, 67–69, 74, 76, 80–81, 83, 84, 98–100, 106, 146–47, 150–51, 186
　arbitrary rule of, 2, 127

　as aristocrat, 58, 85, 157–62, 167–68
　arrogance of, 2, 53, 58, 170, 175–77
　assassinations and, 6, 7, 9–11, 16, 18–21, 69–73, 96, 151–54, 182, 187
　authority of, 58, 96–97, 129–30
　as autocrats, 113–14, 123–24
　betrayals by, 67–73, 84, 88, 92–93
　as bullies, 54, 66–67, 99, 166, 182
　character development and, 53–65
　childhood of, 55–57, 62–65, 168
　consent of, 85–88
　conspiracies and plots associated with, 9–12, 15–23, 30–31, 33, 77–80, 97–100, 125–27, 128, 141, 151–52, 182, 188
　criminality, 85–88, 107–8, 113
　cruelty of, 45–46, 48, 53, 61, 66, 68, 142, 166, 189
　death of (tyrannicides), 64, 92–95, 145, 151–54
　deception and lies used by, 37–38, 40, 60–61, 63, 66, 67, 69, 76, 77–79, 84, 85–88, 100–101, 131, 175–77
　delusions used by, 50, 72, 84, 108, 117–18, 119, 124, 133, 165–66
　as demagogues, 35–52, 151–54, 170, 186, 188–89
　destructiveness of, 54, 57, 103–4, 134–35
　as dictators, 39–40, 48, 68
　downfall of, 46–47, 64, 89–98, 111–12, 122–23, 137, 138–39, 140–42, 145, 151–82
　in dynasties, 38, 40, 48–50, 55
　economic policies of, 35–36, 37, 40, 157–58, 161

tyrants (*continued*)
　elderly, 113–23
　emotional control of, 96–97
　enablers of, 1–2, 66–83, 85–90, 102, 113, 179–80, 186
　enemies of, 24–25, 28–31, 48, 54, 73–79, 85, 94–95, 98, 102, 137–38, 151–54, 163, 179–80
　fame of, 162–64
　family of, 48–49, 62, 69–71, 85, 115–16, 119
　fear of, 66–67, 96–98, 100–101, 103, 106–7
　freedom as viewed by, 148–49, 153–54
　friendships of, 102, 150–51
　governance by, 1–2, 11, 85, 116, 155, 176–77, 186–87
　guilt of, 71, 100–101
　hatred of, 62–65, 80–82, 85, 138
　humiliation of, 94, 111–12
　humor of, 54, 61, 66, 68, 81–82, 84
　identification with, 82–83
　immorality of, 2, 53, 56–57, 60, 71, 81–82, 96–97, 100, 105–6, 108, 189
　intelligence of, 54, 61, 64–65, 66, 68, 106–7
　isolation and loneliness of, 92–93, 96, 109–10, 142, 150
　laws disregarded by, 2, 19, 39–44, 47, 53, 77–79, 118
　leadership by, 35, 39, 50, 85, 128, 138, 142–43, 188–89
　legitimacy of, 24–27, 33–34, 47–53, 55, 93–94, 101, 113
　loyalty to, 53, 85–88, 97, 116–17, 118, 123–24, 139–40, 178–82
　manhood as issue for, 99, 176
　marriage and, 49, 80, 89, 91–92, 103–4, 107–9
　mental instability of, 106–7, 109, 113–36, 147, 186, 187
　military abilities of, 14–15, 91–98, 111–12, 122–23, 138–39, 140–42, 155–82
　as monarchs, 1–12, 14, 18–20, 24, 28, 29–30, 33, 38, 48–51, 59–60, 62, 66, 69–71, 74, 76–77, 86, 102–3, 110, 113–23, 134–35, 139, 140–46, 148, 183–85, 186, 193*n*–95*n*; *see also specific monarchs*
　motivation of, 99–100, 150, 176, 189
　murder committed by, 9–10, 18–21, 30–31, 33, 43–46, 53, 59–60, 63, 68, 69–73, 76–80, 85–89, 97–98, 100–105, 110, 138, 139, 140–41
　narcissism of, 53–54, 105, 108, 117–18, 119, 124, 165–66
　obedience to, 3–4, 46, 53, 58, 66–67, 68, 75, 85–88, 89, 97, 113–16, 121–22, 138, 165, 185
　overthrow of, 16–17, 64, 91–95, 145, 151–54
　paranoia and suspicion of, 100–101, 108, 123–25, 142
　physical deformity of, 55–57, 59, 60, 65, 75, 94–95, 96
　political influence of, 1, 30–32, 34, 39–43, 47–48, 54, 59, 68, 76–77, 85, 108, 142–43, 149–50, 154, 157–58, 160–63, 167–82, 183, 188–89
　popular support for, 1–2, 35–52, 76–80, 109–10, 147–48, 153, 166, 167–82, 188–89
　power as viewed by, 4, 12, 18–19, 34, 53–54, 58–59, 60, 67, 96, 99–100, 143–44, 146, 154,

165–66, 169–70, 175–77, 186–87; see also power
psychopathology of, 1–2, 55, 56, 58–61, 64–65, 67, 73, 92–93, 96–97, 98, 100, 101, 102–36, 154, 162–66, 175–76, 182
as public figures, 4, 14, 38–40, 47–48, 76–77, 80, 167, 169, 170–74, 176, 185
rage of, 28–29, 34, 39, 47, 50, 54, 87, 96, 115–17, 121–22, 123, 125, 128, 129, 142, 147, 166, 177–78, 181–82
reconciliation after rule of, 137, 140–46
resistance to, 68, 132–33, 137, 139–40, 146–54, 172, 180, 189
responsibility avoided by, 115–16, 165–66
rise of, 14, 47–48, 68, 132–33, 137, 139–40, 146–54, 172, 180, 189
rivals of, 54, 74, 84, 85–88, 94–95, 96, 101, 102–4, 138–39
ruthlessness of, 85–90, 140–41
sarcasm of, 54, 61, 66, 68
self-image of, 53–54, 57, 58, 61, 64–65, 92, 96, 103, 105, 108, 110–11, 117–20, 121–22, 124, 150, 162–66, 175–76
as sexual predators, 54, 57–58, 60–61, 80–81, 91–92, 96, 98–99
Shakespeare's views on, 1–2, 43, 52, 53–65, 87, 92–93, 95, 96, 103, 105, 110–11, 137–38, 147, 150, 151–54, 183–89
strategies used by, 35–37, 84–85, 88–90, 96–112
survival of, 60–61, 63, 113, 155
sympathy for, 105–6

triumph of, 84–95
truth as issue for, 2, 25, 37–38
as villains, 57, 66, 80–83
violence of, 7–8, 58, 62, 65, 66–67, 76–79, 98–100, 120, 142, 155, 159–60, 162, 167–68, 185, 187–88
wealth of, 54, 67, 81, 89, 115–17, 157–58, 167, 169, 172–73
Tyre, 14

ugliness, 55–57
urban areas, 45, 158, 167
usurpers, 18–19
Utopia (More), 185

vassals, 145, 168
Venus and Adonis (Shakespeare), 15
Vichy France, 139
villains, 57, 66, 80–83
vindication, 132–33
violence, 7–8, 58, 62, 65, 66–67, 76–79, 98–100, 120, 142, 155, 159–60, 162, 167–68, 185, 187–88
Virgilia, 180
Volsces (Volscians), 162, 167, 177–82
Volumnia, 162–65, 174–75, 180–81, 182
"voodoo economics," 37
voting, 170–74, 176, 177–78, 182

Walsingham, Francis, 8, 193*n*–94*n*
warfare, 24–30, 33–37, 47–53, 55, 91–98, 111–12, 122–23, 138–39, 140–42, 155–82
War of the Roses, 24–30, 33–37, 47–53, 55, 93–94
Warwick, Earl of, 27, 32–33
Warwickshire, 156

wealth distribution, 12, 54, 67, 81, 89, 115–17, 157–62, 167–73, 185, 189
Weird Sisters, The, 96–97, 99, 102, 108, 111
welfare system, 172–73
William I, Prince of Orange, 7
William I ("the Conqueror), King of England, 82
Winter's Tale, The (Shakespeare), 3, 123–36, 137
wish-fulfillment, 59–60

witchcraft, 75
women, 54, 57–58, 91–92
working class, 33, 34, 35–52, 76
wounds, 163–64, 168, 171, 176

York, Duchess of, 55–57, 62–65, 85
York, Richard Plantagenet, Duke of, 24–30, 33, 35–37, 47–53, 55
Yorkists, 24–30, 33–37, 47–53, 55, 93–94

图书在版编目(CIP)数据

暴君：莎士比亚论政治 /（美）斯蒂芬·格林布拉特（Stephen Greenblatt）著；唐建清译. --北京：社会科学文献出版社，2021.6

书名原文：Tyrant: Shakespeare on Politics
ISBN 978-7-5201-4669-2

Ⅰ.①暴… Ⅱ.①斯… ②唐… Ⅲ.①莎士比亚（Shakespeare，William 1564-1616）-戏剧文学评论 Ⅳ.①I561.073

中国版本图书馆 CIP 数据核字（2019）第 065111 号

暴　君
——莎士比亚论政治

著　　者 /〔美〕斯蒂芬·格林布拉特（Stephen Greenblatt）
译　　者 / 唐建清

出 版 人 / 王利民
组稿编辑 / 董风云
责任编辑 / 李　洋　成　琳

出　　版 / 社会科学文献出版社·甲骨文工作室（分社）（010）59366527
　　　　　 地址：北京市北三环中路甲29号院华龙大厦　邮编：100029
　　　　　 网址：www.ssap.com.cn
发　　行 / 市场营销中心（010）59367081　59367083
印　　装 / 北京盛通印刷股份有限公司

规　　格 / 开　本：889mm×1194mm　1/32
　　　　　 印　张：5.875　字　数：136千字
版　　次 / 2021年6月第1版　2021年6月第1次印刷
书　　号 / ISBN 978-7-5201-4669-2
著作权合同
登 记 号 / 图字01-2019-0246号
定　　价 / 52.00元

本书如有印装质量问题，请与读者服务中心（010-59367028）联系

▲ 版权所有 翻印必究